Horst Gunkel

Die Tochter des Samurai

und andere buddhistische Geschichten
aus Mahayana, Vajrayana und Zen

Gelnhäuser buddhistische Erzählungen, Band II

Das Buch

Dieser Band enthält buddhistischen Geschichten aus dem Mahayana, der größten buddhistischen Richtung, zu der auch das Vajrayana und das Zen gehören. Wir erleben hier häufig unkonventionell agierende Mönche, Heilige oder Bodhisattvas, deren Handlungen uns zu denken geben. Die Geschichten sind allerdings nicht in einer altertümlichen, sondern in einer modernen und erfrischenden, teilweise auch humorvollen Sprache wiedergegeben.

Das **Titelbild** ist die Darstellung der *Grünen Tara* aus dem Meditationsraum der Buddhistischen Gemeinschaft Gelnhausen.

Kursiv und fett gedruckte Begriffe sind in einem Glossar am Ende des Buches erklärt.

Der Autor

Horst Gunkel, Jahrgang 1951, arbeitete 40 Jahre als Lehrer an einem beruflichen Schulzentrum. Er engagierte sich in zahlreichen Vereinen und Bürgerinitiativen zum Schutz des Lebens in all seinen Formen. Von 1981 bis 1995 war er in zahlreichen Gremien und zwei Regionalparlamenten aktiv. Von 1987 bis 2000 leitete er außerdem das ÖkoBüro Hanau. Anfang der 90er Jahre begegnete er dem Buddhismus und erkannte schnell, dass ein Engagement hierin (noch) wichtiger sei als sein bisheriges politisches Wirken. Er legte alle politischen Ämter nieder und setzte sich im Netzwerk Engagierter Buddhisten für ökologische, pazifistische und soziale Projekte ein. 1996 kam er zur Buddhistische Gemeinschaft Triratna (damals: Freunde des Westlichen Buddhistischen Ordens), für die er zunächst in Frankfurt/M. eine Meditationsgruppe aufbaute, dann die Buddhistische Gemeinschaft Gelnhausen. Hier begann er buddhistische Geschichten nachzuerzählen und zu interpretieren. Einige davon fanden Eingang in dieses Buch.

Weitere Geschichten von Horst Gunkel finden sich unter
http://www.gelnhausen-meditation.de
und im Band I: Buddhas Sohn Rahula (ISBN: 978-3-7504-0010-8)

Horst Gunkel erzählt

Die Tochter des Samurai

und andere buddhistische Geschichten
aus Mahayana, Vajrayana und Zen

Bibliografische Information der Deutschen Nationalbibliothek: Die Deutsche Nationalbibliothek verzeichnet diese Publikation in der Deutschen Nationalbibliografie; detaillierte bibliografische Daten sind im Internet über dnb.dnb.de abrufbar.

Originalausgabe 2020
© 2020 by Horst Gunkel

Bei Korrekturen wurde der Autor unterstützt von Tatjana Ingold und Sraddhabandhu.

Herstellung und Verlag: BoD – Books on Demand, Norderstedt

ISBN: 978-3-7519-1734-6
Preis: 7,00 EUR

Inhaltsverzeichnis

Die Heimreise

eine Geschichte aus dem Mahayana-Buddhismus

Vorbemerkung

Ich habe diese Geschichte erstmals Ende der 90er Jahre von einer Ordensfrau namens Jayacitta gehört. Sie erzählte sie uns, den Teilnehmern eines Meditationsretreats im Sauerland. Ich war von dieser Art, die Lehre des Buddha zu kommunizieren, so angetan, dass ich mich entschied, in meinen Meditationsveranstaltungen auch buddhistische Geschichten in moderner Sprache zu erzählen. Dies tat ich dann, seit ich ab 2001 buddhistische Veranstaltungen in Frankfurt/M. und Gelnhausen leitete. Ein Ergebnis davon ist auch die Buchreihe „Gelnhäuser buddhistische Geschichten", dessen zweiter Band dieses Buch ist.

***

Vor langer, langer Zeit lebte in einem fernen Land ein Vater mit seinem Sohn. Der Sohn, nennen wir ihn Klaus, verließ jedoch schon in jungen Jahren sein Elternhaus, um in die Welt hinauszuziehen und sein Glück zu machen. Er zog in ein anderes Land und lebte dort für sehr lange Zeit, Jahrzehnte lang. Doch Klaus hatte leider nicht viel Glück: er war entsetzlich arm, die ganze lange Zeit lang. Er zog umher und verdingte sich als Tagelöhner, arbeitete einmal hier und einmal dort und lebte von der Hand in den Mund. Er besaß nichts als die Kleider, die er auf dem Leib trug.

Sein Vater, nennen wir ihn Herrn Ludwig, hingegen hatte in der Zwischenzeit ein völlig anderes Leben geführt. Herrn Ludwig war das Glück hold, er war ein erfolgreicher Geschäftsmann, betätigte sich im Groß- und Außenhandel und bei Geldgeschäften, und so war Herr Ludwig einer der reichsten Männer seiner Zeit geworden. Während dieser internationalen Tätigkeit hatte er sich in einem anderen Land niedergelassen, wo ihm inzwischen mehrere Handelshäuser gehörten.

Herr Ludwig hatte große Reichtümer angehäuft: Gold, Silber, Juwelen, Grundbesitz und auch jede Menge Getreide in großen Silos. Viele Menschen arbeiteten für Herrn Ludwig; Arbeiter, Angestellte und Handwerker, er hatte auch zahlreiche Pferde und prunkvolle Kutschen. Auf seinen Landgütern hielten seine Untergebenen in seinem Auftrag Kühe, Schweine und Schafe, ja er hatte sogar Elefanten, woran man erkennen kann, das Herr Ludwig wirklich zur Oberschicht gehörte. Und natürlich hatte er viele Geschäftspartner und zahlreiche Subunternehmer. Viele Menschen hielten sich in seiner Nähe auf, um von Herrn Ludwig Aufträge zu bekommen. Sein geschäftlicher Einfluss - sei es im Handel, in Bankgeschäften oder in der Landwirtschaft - ging über die Staatsgrenzen hinaus, er lebte das Leben eines internationalen Finanzmagnaten.

Doch obwohl Herr Ludwig derart wohlhabend war, war er nicht restlos zufrieden, denn all die Jahre vermisste er seinen geliebten Sohn Klaus sehnlichst. Herr Ludwig hatte dabei nie die Hoffnung aufgegeben, dass die lange Trennung irgendwann zu Ende sei, denn er wünschte sich, seinem einzigen Sohn seine Geschäfte zu übergeben. Er merkte, dass er alterte, und am Ende würde keiner da sein, der ihn beerben könnte.

Während dieser Zeit zog Klaus umher, von Stadt zu Stadt, von Land zu Land, bis er eines Tages zufällig in den Ort kam, in dem sein Vater lebte, aber das wusste er natürlich nicht. Er strich durch die Straßen und suchte nach Gelegenheitsarbeiten, denn er hatte Hunger. So kam er an der Villa von Herrn Ludwig vorbei, einem riesigen Haus mit sehr vielen äußerst geschäftigen Menschen. Am Eingang saß der Patron höchstselbst, dem eine hübsche junge Frau mit einem Fächer Frischluft zufächelte, eine andere hielt einen Sonnenschirm über seinen Kopf. Herr Ludwig saß auf einem prächtigen Thron und selbst die Fußbank war geschnitzt und mit Gold und Edelsteinen verziert.

Einige Menschen kamen, um Schuldscheine einzulösen, andere hatten Bündel von Geldscheinen dabei, um Rechnungen zu begleichen, manche trugen Geschenke, um in die Gunst des reichen Mannes zu kommen - man könnte es vielleicht auch Bestechungsgelder nennen. Man konnte förmlich die Macht spüren, die von Herrn Ludwig ausging.

Der arme Tagelöhner Klaus war dadurch sehr verängstigt, hatte er doch in der Vergangenheit nicht gerade die besten Erfahrungen mit den Reichen gemacht: "Ich sollte hier verschwinden," sagte er sich, "ich werde sicher eher in den Armenvierteln eine Arbeit finden, hier besteht die Gefahr, dass man mich festnimmt und zum Sklaven macht." Und so eilte er von hinnen, nicht wissend, dass jener reiche Herr Ludwig kein anderer war als sein eigener leiblicher Vater.

Dieser aber hatte den elenden armen Mann bereits erspäht und wusste sofort, dass dieser sein Sohn Klaus war. Zum ersten Mal nach all den Jahren sah er Klaus wieder. Jetzt würde es ihm möglich sein, dass der sein Erbe antreten könne, und er würde in Ruhe sterben können. Er wies einige seiner Diener an, dem armen Kerl nachzulaufen und ihn unter allen Umständen zurückzubringen, allerdings ohne Gewalt anzuwenden.

Sie brachten die elende Gestalt auch wirklich zurück, doch der arme Klaus war jetzt noch verängstigter als vorher. "Sie haben mich eingefangen, sicher soll ich eingesperrt werden, wenn nicht noch Ärgeres," so dachte Klaus, denn er fürchtete um seinen Kopf. Und vor lauter Angst wurde er ohnmächtig.

Sein Vater war darüber höchst überrascht und betrachtete den zu seinen Füßen liegenden Elenden. Er begann zu verstehen, was die Jahre in seinem Sohn angerichtet hatten, und er erkannte, die psychische Situation des Armen. Der liebende Vater dachte bei sich: "Wie elend er auch immer erscheint, dies ist mein Fleisch und Blut, es ist Klaus, mein geliebter Sohn, er ist tief gesunken, ich aber werde ihn wieder aufbauen!" Und er sann darüber nach, wie er seinem Sohn helfen könne. Nach Lage der Dinge war es nicht angeraten, seine Identität zu lüften. Also beauftragte er einen seiner Diener, dem jungen Mann zu sagen, er könne gehen, wohin er wolle, sobald er wieder erwacht sei. Als der arme Mann das hörte, konnte er sein Glück kaum fassen und frohen Herzens rannte er weg, um in den Slums nach Arbeit zu suchen.

Zwei Detektive von Herrn Ludwig, zur Tarnung in schäbige Gewänder gekleidet, verfolgten den armen Mann jedoch unauffällig. Sie sprachen Klaus an und boten ihm eine Arbeit an, wie der reiche Mann es angeordnet hatte. Unweit der Villa hatten sich nämlich auf einer Hochdeponie im Laufe der Zeit allerlei Abfälle angesammelt, ein riesiger Haufen Dreck. Und der Lohn, der ihm geboten wurde, war doppelt so hoch wie üblich. Natürlich akzeptierte der arme Mann dieses ausgezeichnete Angebot, er ging unter Führung der Detektive an seinen neuen Arbeitsplatz und begann sofort mit der Arbeit.

Tag um Tag war Klaus jetzt damit beschäftigt in Körben den Dreck zu einem entfernten Platz zu bringen. Man hatte ihm erlaubt, eine bescheidene Strohhütte direkt neben seinem Arbeitsplatz zu bauen, und so konnte Herr Ludwig aus dem Fenster seinen Sohn bei der Arbeit sehen. Es schnürte ihm das Herz ein, wenn er seinen geliebten Klaus diese Knochenarbeit machen und in seine erbärmliche Hütte kriechen sah, während er selbst in einer Luxusvilla lebte.

Als Klaus schon geraume Zeit mit der Arbeit zugange war, zog sich Herr Ludwig die alte Arbeitskleidung eines seiner Arbeiter an, nahm einen Korb in die Hand und begab sich zu seinem Sohn, um so unerkannt mit ihm ins Gespräch zu kommen. "Geh auf keinen Fall hier fort, um woanders Arbeit zu suchen," sagte er ihm, "ich habe hier gute Beziehungen, ich kann dafür sorgen, dass du anständig bezahlt wirst und wenn du etwas brauchst, eine Matratze, ein Gefäß, Getreide oder was auch immer, sag mir Bescheid, ich kann das organisieren. Ich habe auch einen alten Mantel übrig, den kannst du gerne haben. Du bist ein guter Arbeiter, solche Leute brauchen wir hier und es soll dein Schaden nicht sein. Wir hatten schon manchen Gauner hier, der uns ausgenutzt hat, deshalb sind wir froh, wenn ein ehrlicher, rechtschaffener Mann hier arbeitet, und der soll auch guten Lohn für gute Arbeit bekommen. Weißt du, ich bin schon alt und habe keine Kinder mehr, sieh mich einfach wie einen Vater an und ich werde dich wie meinen eigenen Sohn behandeln."

Für einige Jahre war Klaus nun damit beschäftigt, den Unrat abzutragen. Er wohnte weiter in seiner Strohhütte, aber er gewöhnte sich daran, in der Villa ein- und auszugehen. Natürlich wusste der arme Klaus inzwischen, dass sein Gönner kein anderer war als der Patron selber, aber es störte ihn jetzt nicht mehr. Herr Ludwig wurde allerdings krank, und so rief er Klaus zu sich und sagte: "Es gibt hier viele, denen ich nicht trauen kann. Zu dir aber habe ich Vertrauen, deshalb bitte ich dich, meine laufenden Geschäfte zu erledigen, so lange ich krank bin. Du wirst alles so erledigen, dass ich damit zufrieden sein kann."

Von diesem Tag an war der arme Klaus der Verwalter des reichen Herrn Ludwig, er kümmerte sich um alle Angelegenheiten und erledigte alle Geldgeschäfte treuhänderisch. Klaus arbeitete jetzt in der Villa, doch er schlief weiter in seiner ärmlichen Hütte. Klaus war faktisch ein erfolgreicher Geschäftsmann, hielt sich jedoch für arm, denn ihn war immer bewusst, dass das Geld, das er da verwaltete, nicht seines war, sondern das seines Herrn.

Mit der Zeit änderte sich Klaus. Während dieser ganzen Zeit beobachtet sein Vater den Wandel mit Wohlgefallen. Er bemerkte, dass sich sein Sohn daran gewöhnte, mit den Reichtümern umzugehen, und dass er sich schämte in der Vergangenheit so schäbig gelebt zu haben. Der Vater konnte förmlich spüren, wie in Klaus der Wunsch Gestalt annahm, selbst reich zu sein. Inzwischen war Herr Ludwig auch wirklich schon sehr alt und auch ziemlich krank geworden, und er bemerkte, dass der Tod nicht mehr weit war.

Da ließ der alte Vater noch einmal alle wichtigen Leute der Stadt zu sich kommen, die Gesandten des Königs, die Kaufleute, alle seine Freunde und Bekannten, seine entfernten Verwandten, aber auch einfache Leute aus der Stadt und dem Umland. Nachdem alle versammelt waren, stellte er ihnen seinen Sohn vor und erzählte ihnen die ganze Geschichte. Am Ende seines Vortrags, der nicht wenige der Anwesenden zu Tränen gerührt hatte, übertrug er alle seine Reichtümer an seinen Sohn. Dieser konnte sein Glück kaum fassen.

Nachwort

Diese Geschichte ist auch eine der Lieblingsgeschichten des Ordensgründers von Triratna, von Sangharakshita.

Die Geschichte beschreibt die Heimreise eines jungen Mannes, der entwurzelt ist, der die Verbindung seiner Wurzeln mit der Erde, die ihn trägt - hier personifiziert durch seinen Vater -

verloren hat. Dies ist ein altes Thema und ist in spirituellen Zusammenhängen immer wieder thematisiert worden. Die im Abendland bekannteste Geschichte einer solchen „Heimreise" ist sicher die „Geschichte vom verlorenen Sohn" im Alten Testament.

Wir treffen in diesen Geschichten immer auf einen Sohn, der seinem Vater, seiner Heimat, seinen Wurzeln, seinem Ursprung den Rücken zugewandt hat, um sein Glück zu machen. Dabei scheitert er.

*Dennoch ist da der Vater, das **Numinose**, das Transzendente, vielleicht auch „das Höhere Ich", das den verlorenen Sohn nicht aufgibt. Und wenn dieser Sohn dann ganz unten angekommen ist, reicht das Transzendente (in Form der Vaterfigur) ihm die Hand, hilft ihm auf geeignete Weise die Kurve zu bekommen.*

*Wir können sagen, dass Klaus, der Sohn, wie alle Menschen, Buddhanatur hat, das Potential den Durchbruch zu schaffen. Mitunter brauchen wir jedoch einen Anstoß von außen, durch etwas was man als other-power, als Kraft von außen sehen kann, um auf den rechten Weg zu kommen. Im Mahayana-Buddhismus sind diese äußeren Kräfte **Bodhisattvas**. Doch gleich ob wir diese äußeren Kräfte als Bodhisattvas, Götter oder Engel personifizieren, sie sind wichtig, um auf den rechten Weg zu kommen.*

*Im **Mahayana-Buddhismus** geht man davon aus, dass solche Hilfe von außen kommen kann. Das **Zen** lehrt: Ist der Schüler bereit, so erscheint der Lehrer. Eines ist jedoch gemäß der Lehre des Buddha absolut nötig: eigene Bemühung. Es gibt keinen Erlöser, der uns die Arbeit der Selbsttransformation abnimmt. Dies müssen wir letztendlich selbst tun – ggfs. mit etwas Hilfe von außen. Und so ist es auch in dieser Geschichte: die Knochenarbeit den ganzen Unrat zu beseitigen, den wir letztendlich durch unser unweises Handeln geschaffen haben,* *müssen wir schon selber tun. Und so ist Klaus jahrelang damit beschäftigt all diesen Unrat aufzuarbeiten.*

Diese Arbeit verändert Klaus allmählich, genauso wie die spirituelle Praxis den Praktizierenden verändert. Letztlich kommt es zum entscheidenden Durchbruch: Klaus beerbt Herrn Ludwig. Herr Ludwig symbolisiert hierbei das Höhere Selbst, das was wir sein können, Buddhaschaft. Klaus ist, als er die Aufarbeitung dieses großen Berges Unrat beginnt, der spirituelle Schüler. Sein Streben hat letztendlich Erfolg. Die Kluft zwischen dem kleinen Selbst und dem Höheren Selbst wird überwunden. Schließlich wird aus Klaus der Herr. Er hat Vollkommenheit erreicht – durch eigene Bemühung und durch ein klein wenig Hilfe von außen.

Das große Fahrzeug

Vorbemerkung:

Dieser Band der „Gelnhäuser buddhistischen Geschichten" enthält Erzählungen aus dem Mahayana. Mahayana heißt „großes Fahrzeug". Das Mahayana existiert als eigenständige buddhistische Schulrichtung etwa seit der Zeitwende, also seit 500 Jahren nach Buddhas Tod.

*Die beiden wichtigsten Eigenschaften des Buddha sind Weisheit und Mitgefühl. Es scheint jedoch so, dass in den ersten Jahrhunderten nach Buddhas Tod in der Mönchssangha die formale Weisheit (Philosophie, Scholastik) stärker betont wurde als das Mitgefühl. Hatte der Buddha vier Gruppen von Anhängern: Mönche, Nonnen, Haushälter (Personen, die in ihrer Familie lebten und einem Beruf nachgingen) und Haushälter-innen (in der Regel Hausfrauen), so galten später allmählich nur noch die Mönche als richtige Buddhisten. Der Nonnenorden war am absterben, und um die Belehrung der Haushälter/innen kümmerten sich die Mönche nicht mehr. Es schien ihnen genug, wenn die Laienanhänger/innen die Mönche versorgten. Man sagte den Haushälter/innen, damit würden sie sich gutes **Karma** schaffen und sie könnten dann in einem späteren Leben Mönche werden und so an ihrer **Erleuchtung** arbeiten.*

Dagegen gab es eine Gegenbewegung: das Mahayana, das große Fahrzeug, das für alle Menschen da sein sollte.

Dementsprechend war nicht mehr der weltabgewandte meditierende Mönch das Idealbild des Mahayana sondern der oder die **Bodhisattvas** (Wesen, die zum Wohle aller praktizieren und deswegen darauf verzichten, schon jetzt ins **Nirwana** einzugehen, sondern wiedergeboren werden). Ein solcher Bodhisattva ist beispielsweise der Dalai Lama. Die Anhänger des bisherigen Buddhismus werden von da an Theravada (Alte Schule) genannt, die Anhänger des Mahayana (des großen Fahrzeugs) nannten diese Alte Schule Hinayana ("kleines" oder auch "minderwertiges" Fahrzeug).

Aber Vorsicht: das, was ich eben gesagt habe, ist eine ziemlich grobe Vereinfachung. Selbstverständlich gab es zu jeder Zeit in beiden Hauptrichtungen des Buddhismus ganz hervorragende Praktizierende, die Mitgefühl und Weisheit in vollendeter Form praktizierten, ebenso wie es auch in beiden Schulrichtungen Entartungen gab.

In der folgenden Geschichte wird der Unterschied der beiden Richtungen (aus Mahayana-Sicht) verdeutlich:

Das große Fahrzeug (Mahayana)

Dies ist eine Geschichte, die sich in keiner bestimmten Zeit abspielt und in keinem bestimmten Land. Sie spielt in einer Stadt, in der eine große Hungersnot herrscht, wie wir sie aus vergangenen Jahrhunderten bei uns und aus manchen afrikanischen Ländern noch heute kennen.

Da diese Geschichte ein Lehrstück, eine Parabel jenseits von Raum und Zeit, ist, kann es auch keine Hilfe für die Hungernden von außen geben. Obwohl eine Hungersnot herrscht, gibt es in der Stadt zwei Menschen, die über einen schier uner-schöpflichen Vorrat an Nahrungsmitteln verfügen, den sie auch zu teilen bereit sind. Woher sie den haben, ist unwichtig. Wir sollten uns auch keine Gedanken darum machen, wie man es organisieren könnte, die Nahrung besser zu verteilen, indem man beispielsweise die offensichtlich Arbeitslosen als Verteilungsgehilfen einsetzt oder sonstwie, und es gibt auch keine Stadtverwaltung oder dergleichen. Um all das geht es nicht. Es geht einzig und allein um das Verhalten der beiden reichen Männer. Ich habe sie für diese Geschichte Thero und Mayo genannt. Thero ist alt und Mayo ist jung. So unterschiedlich sie sind, haben doch beide die Absicht, ihren Reichtum zu teilen und den Hungernden zu helfen, jedoch verfolgen sie dabei völlig unterschiedliche Strategien.

Thero, der alte Mann, hat ein kleines Schild an seinem Haus befestigt, auf dem steht: „Jeder Hungernde erhält hier Nahrung". So weit, so gut, allerdings liegen daneben Handbücher mit den Durchführungsvorschriften für die Bittsteller aus. Wer Essen haben will, muss sich mittags zwischen 12.00 h und 12.30 h einfinden, wer vor 12.00 h erscheint verliert seinen Anspruch, nach 12.30 h gibt es nichts mehr. Die Essensausgabe erfolgt nur in genormte Gefäße nach DIN 1836/A07, die vom Bittsteller mitzubringen sind. Außerdem gibt es genaue Vorschriften, wie diese Gefäße bei der Ausgabe und während des Anstehens zur Essensausgabe zu halten sind. Bei der Ausgabe muss der Bittsteller den genauen Wortlaut der Bitte entsprechend den Angaben in den Durchführungsvorschriften auswendig aufsagen, leider ist der Text in Pali und in den Durchführungsschriften ist dieser auch nur in Pali-Schriftzeichen abgedruckt, die heute bedauerlicherweise nur noch Pali-Gelehrte lesen können.

Und selbst diejenigen, die bereit wären, alle Bemühungen zur Erfüllung dieser Vorschriften zu erfüllen, werden von dieser Maßnahme kaum erfahren, den Thero wohnt in einer kleinen, abgelegenen Straße ganz am Rande der Stadt, wo fast niemand vorbei kommt. Warum das so ist, erläutert Thero auf sehr konservative Art: „So war es bei Hungersnöten in der Zeit meines Vaters und zu Zeiten des Vaters meines Vaters und eigentlich schon seit vielen Generationen. Das ist ein altes bewährtes Verfahren. Was damals gut genug war, ist auch jetzt gut genug. Und wenn die Leute wirklich Hunger haben, können sie ja wohl diese kleinen Unbilden in Kauf nehmen. Wer nicht einmal bereit ist, sich an diese klaren Vorschriften zu halten, der hat in Wirklichkeit vermutlich gar keinen Hunger, der ist einfach nur ein arbeitsscheuer Faulpelz.“

Ganz anders geht Mayo die Sache an. Er stapelt eine Menge Getreidesäcke auf seinen Wagen und fährt damit die Straßen entlang. Er hält vor jedem Haus und verteilt das Korn. Kaum, dass er eine Wagenladung verteilt hat, eilt er schon wieder zu seinem Silo zurück, um weiteres Getreide zu holen. Er gibt auch nicht nur eine Portion aus, sondern jeweils einen ganzen Wochenvorrat für jede Familie. Er fährt systematisch alle Straßen ab, auch in den Randbezirken und den Slums, ja selbst die abgelegenen Hütten der Aussätzigen und Leprakranken vergisst er nicht. Auf diese Weise schafft er es, tatsächlich die ganze Stadt zu versorgen. Er ist ganz und gar von dem Gedanken durchdrungen, allen zu helfen, schnell und unbürokratisch.

Es kümmert ihn weder, dass er auf diese Weise nur wenig Schlaf hat, und auch nicht, dass manche Leute sagen, er würde gegen das *Karma*gesetz verstoßen, denn auf diese Art bekämen auch Faule etwas. Er antwortet nur: „Es wäre doch schlimmer, wenn sie verhungern würden!“

Und auch wenn es sein kann, dass einige mehr erhalten, als sie brauchen, ficht ihn das nicht an: „Besser es kommt etwas Getreide um als die Menschen!“

Da er systematisch alle Straßen abfährt, kommt er natürlich auch am Haus des Thero vorbei. Der sitzt gerade vor seinem

Haus, genießt die Abendsonne, schmaucht sein Pfeifchen und vor ihm steht ein Glas Spätburgunder, denn er hat ja Muße, jetzt ist schließlich nicht die Zeit der Essensausgabe. Als er den eifrigen jungen Mann sieht, schüttelt er nur den Kopf und sagt: „Hallo Mayo, was mühst du dich denn ab wie ein Berserker, gehe die Sache doch lieber mit mehr Gelassenheit und Ruhe an, sonst bekommst du noch einen Herzinfarkt und erreichst niemals mein Alter. Komm lieber her und setz dich zu mir, ich lade dich auf ein Glas Wein ein."

„Unmöglich", ruft ihm der geschäftige Mayo zu, „ich muss mich sputen, es gibt immer noch zahlreiche Straßen, in denen ich nicht war."

„Aber was soll denn das, Mayo, hetz dich nicht so ab. Wenn einer etwas will, soll er doch zu dir kommen"

„Geht nicht," antwortet Mayo in Eile, „manche sind schon zu schwach zum Gehen, ich muss mich beeilen, damit es nicht zu spät ist, sie könnten sterben, bevor ich sie erreiche."

Thero zieht an seiner Pfeife und schüttelt den Kopf: „Dann hätten sie eben früher kommen müssen. Wer sich nicht kümmert in der Zeit, der hat auch nichts in der Not!"

Aber das hörte Mayo bereits nicht mehr, denn für solche Diskussionen hatte er keine Zeit, er war schon wieder unterwegs, um Getreide zu verteilen.

Nachdem er sich vom Spätburgunder nachgeschenkt hatte, steht Thero kopfschüttelnd auf und geht zu dem Schild an seiner Tür. Er hat eine Ergänzung vorbereitet und heftet sie jetzt an die Tür, die Überschrift lautet „Allgemeine und spezielle Bestimmungen für das Lesen der Durchführungsvorschriften".

Auf der folgenden Seite befindet sich eine Nachbemerkung

Nachbemerkung

Soweit diese Parabel. Wie viele Mahayana-Geschichten, wird hier nicht eine wahre Begebenheit beschrieben, sondern mittels einer – zugegebenermaßen etwas überspitzten – Parabel ein Sachverhalt verdeutlicht. Das Korn symbolisiert den Dharma, die Lehre des Buddha. Es wird deutlich, dass das Mahayana für alle da ist und dass das Hinayana die Regeln sehr stark betont, während es im Mahayana sehr unkonventionelle Ansätze gibt. Es wird allerdings auch deutlich, dass dies die Mahayana-Sicht der Dinge ist.

Allerdings ist es in traditionellen Theravada-Gesellschaften noch heute so, dass die Mönche sich für die alleinige Sangha halten und die Haushälter bestenfalls als Buddhisten zweiter Klasse einschätzen.

Nagarjuna und der Gehörnte

eine Geschichte aus dem *Vajrayana*-Buddhismus

Vorbemerkung

*Guru Nagarjuna ist einer der 84 **Mahasiddhas** (Heilige mit magischen Fähigkeiten), von dem uns das **Vajrajana** berichtet. Das Vajrayana ist eine buddhistische Richtung, die Teil des **Mahayana** ist, sich selbst aber als eine Weiterentwicklung sieht. Nach Ansicht des Vajrayana ist das **Theravada** die unterste Stufe des Buddhismus („1. Drehung des Rades der Lehre"), das Mahayana die zweite Stufe (2. Drehung des Rades der Lehre) und das Vajrayana („**Diamantweg**") die Vollendung (3. Drehung des Rades der Lehre).*

*Während das buddhistische Ideal im Theravada der **Arahat** ist, der zur völligen Erleuchtung gelangte Mönch, ist das Idealbild im Mahayana der **Bodhisattva** und im Vajrayana der **Mahasiddha** (etwa großer Weiser mit magischen Fähigkeiten), der oft genug äußerst unkonventionell handelt.*

*Nagarjuna lebte im siebten Jahrhundert u. Z. und betrieb eine mystische **Alchimie**. Wichtig ist jedoch für alle Vajrayana-Geschichten, dass man sich hüten muss, sie wörtlich zu nehmen. Vajrayana-Geschichten arbeiten vielmehr gern mit **Parabeln**.*

***

Einst wandelte Nagarjuna einen Eisenberg im Kupfer um. Das ist sicher eine ganz schöne Leistung für einen Alchimisten, doch normalerweise versuchten die Alchimisten - nicht nur - unseres Kulturkreises, Dinge in Gold umzuwandeln. So sagte sich auch **Nagarjuna**, ein Kupferberg sei ja ganz nett, für den Volkswohlstand sei jedoch ein Goldberg wesentlich erstrebenswerter, und er schickte sich an, den Kupferberg in einen Berg aus Gold umzuwandeln.

Als er dies gerade ausführen wollte, manifestierte sich vor ihm jedoch der **Bodhisattva Manjusri**, das Erleuchtungswesen der allesdurchdringenden Weisheit: "Halte inne, Nagarjuna", sprach der Bodhisattva, "denn wahrlich groß ist die Gier der im **Samsara** umherirrenden Menschen. Ein Berg aus Gold wird nur zu Streit und Kämpfen führen und nicht zu allgemeinem Wohlstand, daher solltest du diesen Berg nicht in Gold umwandeln. Tue nichts, was die Gier, den Hass und die Verblendung der Menschen unterstützt."

Nagarjuna verbeugte sich tief vor dem Bodhisattva Manjusri und sagte: "Groß ist deine Weisheit, o Bodhisattva, ich werde selbstverständlich davon Abstand nehmen, diesen Berg in Gold umzuwandeln." Der Bodhisattva freute sich ob der Einsicht des **Siddhas** und dematerialisierte sich wieder.

Nagarjuna sah ein, dass es unsinnig wäre, die Gier der Menschen durch einen Berg aus Gold anzustacheln. Andererseits aber hatte er noch nie etwas in Gold verwandelt und ihm war auch kein anderer Fall bekannt, wo solche Alchimie gewirkt hätte. Und da er mit ganzem Herzen Alchimist war, beschloss er einen Gegenstand in Gold umzuwandeln, der nicht zum Streit zwischen den Menschen führen würde, weil es nämlich klar war, wem er gehörte. Und dieser Mensch musste selbstverständlich über jeden Gieranfall erhaben sein. Wie er so darüber nachsann, wer dafür in Frage kam, fiel ihm nur eine Person ein, bei der er ganz sicher war, dass sie Gier, Hass und Verblendung überwunden hatte, nämlich er selbst. Da er jedoch praktisch keine Besitztümer hatte, fiel die Auswahl, was er denn in Gold umwandeln sollte, nicht allzu schwer: seine Almosenschale. Und so experimentierte er weiter, um lediglich Kraft seines Geistes diese in Gold umzuwandeln. Nach einiger Zeit und zahlreichen Misserfolgen war er schließlich erfolgreich! Nagarjuna hatte geschafft, was alle Alchimisten weltweit vergeblich versuchten: er hatte einen beliebigen Gegenstand in reines Gold verwandelt - und dies nur Kraft seines in der Meditation gestählten Geistes.

Er stellte daraufhin die diesbezüglichen Experimente ein. Er wusste, dass es ging, wusste aber auch, dass diese Fähigkeit weiterhin nicht genutzt werden sollte, denn Gier, Hass und Verblendung würden unter den Menschen entstehen.

Die Richtigkeit der Einschätzung des Bodhisattva zeigte sich schon bald, denn als Nagarjuna das nächste Mal auf Bettelgang war, sah er die neidischen Blicke vieler Menschen auf seiner goldenen Bettelschale. Er begab sich zurück in seine ärmliche Hütte und saß nachdenklich vor seiner Mahlzeit. - Einer der Bewohner des Dorfes, in dem er seinen Bettelgang gemacht hatte, war Nagarjuna aber zu dessen Hütte gefolgt und beobachtete den großen Siddha durch die offenstehende Tür seiner Hütte. Er war kein Räuber, denn er hatte nicht vor, Nagarjuna gewaltsam dessen Schale zu nehmen. Er war nur ein einfacher Dieb, und er sagte sich, wenn der heilige Mann mit seinem Mahle geendet hätte, würde er die Schale säubern und irgendwo abstellen. Und wenn Nagarjuna später in Meditation säße, könne er die Schale in Ruhe stehlen.

Nagarjuna aber, der große übersinnliche Fähigkeiten hatte, erkannte die Gedanken des Diebes. Er aß in Ruhe seine Mahlzeit zu Ende. Dann aber, anstatt die Schale zu reinigen, warf er sie aus der Tür und rief: "Ich werde sie nicht erst noch für dich spülen, nimm sie gleich!"

Der Dieb war nicht nur völlig überrascht von der Handlung des Siddha, sondern auch beschämt. So trat er reumütig in die Hütte, kniete vor dem *Guru* nieder und berührte in Demut dessen Füße mit seiner Stirn. "Großer Meister, warum tatet ihr dies? Ich kam als Dieb. Nun aber, da ihr fortgeworfen habt, was ich stehlen wollte, kann ich es nicht mehr stehlen. Merkwürdiger Weise ist jedoch auch meine Gier geschwunden."

Guru Nagarjuna aber antwortete: "Eigentum verpflichtet. Was immer ich besitze, soll nicht nur mir, sondern allen Wesen zugute kommen. Nimm dir von meinen Sachen, was du möchtest. Nimm die Almosenschale und verkaufe sie, dann hast du genug Geld, dass du nie mehr stehlen musst."

Der Dieb war von der Güte und Selbstlosigkeit Nagarjunas tief beeindruckt, und er bat ihn um eine Belehrung. Nagarjuna war davon überzeugt, dass der Dieb auf den richtigen Weg gekommen war, aber er wusste auch, dass er noch nicht die nötige geistige Reife besaß, die tiefen Lehren des Dharma zu verstehen, daher gab er ihm eine Aufgabe, von der er ziemlich sicher war, dass der Ex-Dieb sie meistern konnte. Nagarjuna wandte sich also an seinen neu gewonnenen Schüler: "Du solltest mit einer Meditation an deiner Gier arbeiten. Stelle dir daher alle begehrenswerten Dinge wie Hörner auf deinem Kopf vor. Wenn du so meditierst, wirst du ein Licht sehen, das wie ein Smaragd funkelt."

Und um ihm ein ebenso sichtbares wie begehrenswertes Meditationsobjekt zu geben, schüttete Nagarjuna einen Haufen Edelsteine, die er bei seinen früheren alchimistischen Experimenten produziert hatte, in die Ecke seiner Hütte. Dann begab sich Nagarjuna hinweg und überließ den Ex-Dieb seinen Übungen.

Nun muss man wissen, dass unser Sprichwort "das ist so überflüssig wie ein Kropf" in weiten Teilen Asiens heißt: "das ist so überflüssig wie Hörner auf dem Kopf eines Menschen". Ob das Sprichwort damals schon gängig war oder ob es erst seit dieser Geschichte so heißt, ist mir allerdings nicht bekannt. Zumindest der Ex-Dieb schien diese geflügelte Redewendung jedoch nicht zu kennen, denn er nahm in seiner Einfalt den Rat des Guru wörtlich. Er meditierte über diese begehrenswerten Edelsteine und schon nach wenigen Tagen konnte er fühlen, wie ihm allmählich ganz kleine Hörnerchen wuchsen.

Sehr stolz war der Ex-Dieb über diesen erkennbaren Erfolg seiner geistigen Bemühungen, und eifrig übte er sich weiter. Nach einigen Wochen waren die Hörner auf seinem Kopf bereits so groß, dass jeder sie sehen konnte und nach einigen Monaten konnte man schon von einem richtigen kleinen Geweih sprechen. Allmählich schwand jedoch die anfängliche Begeisterung über diesen neuen Besitz, denn die Hörner hörten nicht auf zu wachsen. Im Laufe der Jahre waren die Hörner schließlich so gewachsen, dass er nicht nur unter dem Gewicht seines Geweihes stöhnte, wenn er irgendwohin ging. Es war inzwischen so schlimm, dass er nicht mehr durch die Tür der Hütte passte, so dass er nunmehr Gefangener seiner Wohnung war, ein Gefangener seines eigentümlichen Besitzwunsches.

So saß er in seiner Hütte mit all´ den Edelsteinen, meditierte über die "begehrenswerten Dinge wie Hörner auf seinem Kopf", wie ihm dies Nagarjuna aufgetragen hatte, und hatte doch Mühe sich zu bewegen, denn überall stieß er mit seinem mächtigen Geweih an. Er war ein Gefangener seines Besitzes und litt buchstäblich unter der Last dieses Besitzes. Tiefe Niedergeschlagenheit bemächtigte sich seiner und als er nicht mehr aus noch ein wusste, erschien Nagarjuna wieder in der Hütte - nach zwölf langen Jahren.

"Nun, wie geht es dir, mein Freund?" fragte der heilige Mann.

"Es ist entsetzlich", wimmerte der Ex-Dieb und schilderte seine Qualen.

Nagarjuna aber lachte und sagte: "Genau so, wie du unglücklich wurdest durch die bloße Vorstellung von Hörner auf deinem Kopf, in ebendieser Weise zerstören die lebenden Wesen ihr Glück, weil sie an ihren falschen Vorstellungen hängen und sie für wirklich halten. Jedwedes Begehren ist wie Wolken, die einen schönen Tag trüben. Diejenigen aber, deren Geist rein ist und leer von jeder Illusion, werden nicht einmal leiden unter Alter, Krankheit und Tod. Nur wenn du auf alle Besitztümer herabblicken kannst als etwas, das genauso unwirklich, ebenso unerwünscht und in gleichem Maße lästig ist wie die eingebildeten Hörner auf einem Kopf, nur dann wirst du frei sein von den Schrecken des *Samsara*."

Da fiel es wie Schuppen von den Augen des Ex-Diebes, er erkannte die *Leerheit* aller Dinge nach denen er in seiner Einfalt zeitlebens strebte, seine Gier schwand dahin und ebenso alle seine Besitzwünsche, er wurde frei von jedem Anhaften - und auch seine Hörner lösten sich in Nichts auf.

So erlangte der Ex-Dieb die Heiligkeit und er ging in die Geschichte der 84 großen Siddhas ein als **Nagabodhi**, als Nachfolger Nagarjunas.

Die Tochter des Samurai

eine Zen-Geschichte

Vorbemerkung

*Das **Zen** (chinesisch: Ch´an) ist wie das **Vajrayana** auch eine Schulrichtung des **Mahayana**. Wie immer bei diesen Erneuerungsbewegungen ging es darum, sich auf Ursprünge zurückzubesinnen, von denen man unterstellte, dass sie zu sehr in Vergessenheit geraten seien. Das Ch´an/Zen behauptet, der Buddhismus sei zu sehr eine Buchreligion geworden, man müsse sich vielmehr auf die reine Meditationspraxis zurückbesinnen.*

***

Im 17. Jahrhundert, in dem diese Begebenheit geschah, gab es in Japan zwei mächtige Traditionen, die das Denken und Empfinden der Japanerinnen und Japaner bestimmen.

Da war einerseits das weltliche Leben mit dem **Tenno** an der Spitze; diese Tradition stützte sich auf die **Samurai**, einen unerschrockenen Kriegeradel. Und da gab es andererseits eine spirituelle Tradition, das Zen. Zen beschäftigte sich mit klassischer Meditation. Das Wort ist abgeleitet vom Palibegriff **Jhyana**, was meditative Vertiefung bedeutet. Die chinesische buddhistische Tradition, hatte dieses Wort zu **Ch´an** sinisiert und die Japaner hatten das dann Zen („Z" = „stimmhaftes-S") ausgesprochen; es handelt sich dabei um eine buddhistische Meditation ohne Meditationsobjekt.

Beiden unterschiedlichen Lebenswirklichkeiten, der Welt der Samurai und der der Zen-Praktizierenden, aber war eines gemeinsam: strenge Disziplin, eine sehr männliche Tugend, eine sehr japanische Disziplin, gegen die sich selbst die sprichwörtliche preußische Disziplin als eher halbherzig ausnimmt. Ryonen Gesho, die Heldin unserer Geschichte, ist eine Frau, die zwischen diesen beiden Traditionen steht. Geboren in einer angesehenen *Samurai*-Familie zieht es sie dennoch zum spirituellen Pfad. Aber selbstverständlich konnte man sich im 17. Jahrhundert in Japan nicht einfach für einen alternativen Lebenslauf entscheiden – und als Frau schon einmal gar nicht.

Ryonens Vater war *Samurai*-Krieger, ihre Mutter eine Hofdame der Kaiserin. Wobei Kaiserin zwar der offizielle Titel war, aber es war natürlich nicht wirklich eine Kaiserin, sondern eben „nur" die Gemahlin des Kaisers.

Ryonen wird als Mädchen zusammen mit Yoshi, der Enkelin der Kaiserin, erzogen, und zwischen den beiden Mädchen entspinnt sich eine sehr enge Beziehung, die die Kindheit überdauern sollte. Kaiserliche Erziehung für Mädchen bedeutete damals, japanische und chinesische Literatur zu studieren, sich mit den schönen Künsten zu beschäftigen - von bildender Kunst bis *Ikebana* - und auch selbst Gedichte zu schreiben. Eine Kostprobe von Ryonens Dichtkunst werden wir am Ende dieser Geschichte zu hören bekommen. Und natürlich gehörte auch Kalligraphie dazu, diese typisch japanisch-chinesische Verbindung von Dichtung und Malerei.

Zwei Brüder von Ryonen wurden zu Mönchen ordiniert, und vor allem ihr jüngerer Bruder erzählte seiner Schwester bei seinen jährlichen Besuchen zuhause begeistert vom spirituellen Klosterleben. Doch für das Mädchen hatten die Eltern einen, wie sie fanden, passenderen Weg vorgesehen. Ryonen sollte einen angesehenen Arzt und Wissenschaftler heiraten, der selbstverständlich deutlich älter war als sie, der Altersunterschied betrug fast 20 Jahre. Dieser Arzt brauchte dringend einen Stammhalter. Er hatte zwar bereits zahlreiche Kinder von unterschiedlichen Frauen, aber die waren natürlich alle illegitim.

Ryonen ist alles andere als begeistert von dem vor ihr liegenden Lebensweg, aber da sie eine starke, selbstbewusste junge Frau ist, gelingt es ihr, mit ihren Eltern und dem künftigen Ehemann einen besonderen Vertrag auszuhandeln. Und da man im Japan - nicht nur des 17. Jahrhunderts - Ehre und Disziplin sehr hoch hielt und weil ein Vertragsbruch Gesichtsverlust bedeutet hätte, erfüllten selbstverständlich alle Vertragsparteien ihren Teil des Deals.

Ryonen war noch keine 25 Jahre alt, als sie ihren Teil der Abmachung bereits erledigt hatte. Sie hatte dem Arzt nicht nur einen männlichen Erben geboren, sondern ihm auch eine neue junge und gebildete Ehefrau besorgt. Jetzt war sie frei, konnte Ehemann und Kind verlassen. Wir wissen nicht, ob sie außer diesem Söhnchen auch noch Töchter geboren hatte, etwas derartig Unwichtiges wurde durch die − selbstverständlich männlichen − Chronisten natürlich nicht überliefert.

Doch Ryonen zieht es jetzt keineswegs gleich ins Kloster. Da ist noch etwas anderes, was dieser jungen Frau ebenso wichtig war, nämlich ihre Beziehung zu ihrer Freundin Yoshi, der Enkelin der Kaiserin. Auch Yoshi verlässt ihren Ehemann und die beiden Frauen ziehen zusammen. Das feminine Glück dauert jedoch nicht lange, Yoshi ist kränklich, wie man das in Familien gekrönter Häupter nur allzu häufig hat, und bald erkrankt sie ernstlich. Ryonen pflegt nun ihre geliebte Freundin. Ryonen ist noch keine 30 Jahre alt, als ihr der Tod die Liebste nimmt.

Jetzt geht die nicht mehr ganz so junge Frau in ein Frauenkloster, wo sie als buddhistische Nonne ordiniert wird. Doch ihr Leidensweg ist damit keineswegs zu Ende, denn das

Kloster ist eine herbe Enttäuschung für Ryonen, hier trifft sie auf lauter Frauen, die früher - ebenso wie sie selbst - am Kaiserhof waren, dann aber ihren Verpflichtungen – meist also ihren Ehemännern – entkommen wollten. Diese sogenannten Nonnen waren aber keineswegs bereit, ihr affektiertes Leben als Hofschranzen aufzugeben. Das war so völlig anders als ihr jüngerer Bruder das von seinem spirituellen Leben im Kloster des *Obaku*-Ordens berichtet hatte.

Also macht sich Ryonen auf und sucht einen Obaku-Tempel. Der dortige Abt gewährt Ryonen auch die gewünschte Audienz, was Frauen gegenüber keineswegs üblich war, und Ryonen schildert ihm von ihrer Sehnsucht ernsthaft zu praktizieren, von der Hingabe ihres Bruders zur Lehre des Buddha und von ihrer Enttäuschung über ihr bisheriges Klosterleben. Sie bittet um probeweise Aufnahme in den Orden.

„Unmöglich", ist die vielleicht nicht ganz so überraschende Antwort des Abtes, „selbst wenn du die am ernsthaftesten praktizierendste Person im ganzen Kloster wärest, würden durch dich mindestens fünfzig Mönche von eben dieser ernsthaften Praktik abgehalten werden. Wenn Du wenigstens aussehen würdest wie eine Kuh! Aber leider bist du deutlich zu schön." Das war seine Abschiedsworte bei der Audienz.

Doch Ryonen ließ sich keineswegs entmutigen. Sie weiß, dass es in der Nähe noch das Kloster des Hakuo Dotai gibt, was so eine Art Alternativkloster ist. Hakuo Dotai hatte früher sehr lange als Einsiedler gelebt. Inzwischen aber hatte er auch Schüler aufgenommen. Kloster ist vielleicht ein etwas hochgegriffener Ausdruck, für das Anwesen von Hakuo Dotai und seinen Schülern. Es gibt dort eigentlich nur einen Meditationsraum und ein paar armselige Hütten. Aber es ist mit Sicherheit absolut hofschranzenfrei!

Ryonen begibt sich also zu Hakuo Dotai und kann ihn auch von ihrem aufrichtigen Wunsch zu praktizieren überzeugen. Aber auch er hat Bedenken: „Ja, weißt du, du bist schließlich eine Frau." Ryonen Gesho versucht ihren letzten Trumpf auszuspielen, sie erniedrigt sich nun selbst, indem sie ihm eingesteht, dass – und warum – sie sich absolut nicht für Männer interessiert. Sie tut damit das, was Japanerinnen und Japaner am meisten fürchten: Gesichtsverlust.

Doch auch Hakuo schickt sie weg: „Es tut mir leid, Ryonen," sagt er, „meine Mönche sind Mönche, aber sie sind eben auch Männer, und du bist eine schöne Frau. Sie würden nicht mehr richtig praktizieren können. Das ist das Problem."

Maßlos enttäuscht geht Ryonen weg. Ihr Gesichtsverlust – umsonst. Eine schöne Frau – das ist das Problem. Enttäuscht und wohl auch verbittert geht sie zur nächsten Stadt. Aber sie weint nicht. Sie ist die Tochter eines Samurai. Man weint nicht. Man handelt.

In der Stadt mietet sie sich in einem Gasthof ein. Es ist ein kühler Novemberabend und ein Feuer lodert im Kamin. Sie ist eine schöne Frau, das ist das Problem. Gesichtsverlust? Warum nicht? Sie legt den Schürhaken in die Glut. Es ist kein zierlicher Schürhaken, sondern ein großes, schweres, wuchtiges Monstrum, mit einer gusseisernen Kohlenzange dran. Ryonen weiß, was sie will. Sie ist stark. Während der Schürhaken rotglühend wird, schreibt sie noch ein Gedicht auf Chinesisch, wie es am Kaiserhof üblich ist. Die gesellschaftlich akzeptierte Form, seine Gefühle auszudrücken. Gesichtsverlust.

Am nächsten Tag wird sie wieder bei Hakuo Dotai vorstellig, dem das Grauen bei ihrem Anblick ins Gesicht geschrieben steht. Ryonens Augen starren ihn aus ihrem verkohlten Gesicht an, sie sagt nur: „Problem beseitigt!" Sie besteht darauf erst ordiniert, dann verarztet zu werden. Sie sagt: „Die wichtigen

Dinge sollte man nicht aufschieben, alles andere kann warten."
Da ist sie ganz die Tochter des Samurai.

Ryonen erreichte noch im selben Leben die vollkommene Verwirklichung, wie Meister Hakuo kurz vor seinem Tod bestätigte. Nachdem der Meister gestorben war, wurde sie die erste buddhistische Äbtissin eines Männerklosters. Später gründet sie auch noch ein Frauenkloster, damit alle Männer und Frauen wirklich praktizieren können. Ohne Gesichtsverlust. Das Frauenkloster mit dem Namen „heitere Wolke" brennt 100 Jahre später nieder, ein glühender Schürhaken soll Anlass des Brandes gewesen sein, heißt es.

Aber ein Stück Papier hat den Brand überstanden, es ist das Gedicht, das Ryonen Gesho in der Nacht vor ihrer Ordination schrieb; es lautet:

> **Damals als Kinder am Kaiserhof**
> **Verbrannten wir Räucherwerk.**
>
> **Heute, um Nonne zu werden,**
> **verbrenne ich mein Gesicht.**
>
> **Darf dann endlich Zen üben.**
> **Jahreszeit reiht sich an Jahreszeit.**
>
> **Wer das schrieb? Ich weiß es nicht.**
> **Die Welt – ein stetiger Wandel.**

Der Mönch und die Schöne

eine Geschichte aus dem Mahayana-Buddhismus

Vorbemerkung

Die Mönche des Buddha lebten im Zölibat. Da jedoch die sexuellen Versuchungen zur Zeit des Buddha ebenso existierten wie heute und nicht alle Mönche die Willensstärke eines Heiligen hatten, warnte der Buddha die Mönche vor Kontakten mit Frauen. Insbesondere war es den Mönchen verboten, Frauen zu berühren, aber auch Gespräche mit Frauen sollten vermieden werden. So wanderten auch die Gemeinschaften der Mönche und der Nonnen selbstverständlich immer getrennt voneinander.

Allerdings gab es hin und wieder Situationen, bei denen Mönche auf Frauen trafen, und hier hieß es auf der Hut zu sein. Dies illustriert die folgende Geschichte. Sie zeigt auch auf, dass man zwischen der buchstäblichen Regel und dem dahinter stehenden Sinn unterscheiden muss.

Es begab sich, dass zwei Mönche, ein großer kräftiger und ein etwas untersetzter, gemeinsam auf der Wanderung waren. Als Gepäck hatten sie nur ihre Almosenschalen dabei. An diesem Tag aber kamen sie an einen kleinen Fluss, wo der Weg durch eine Furt führte. Normalerweise war das Wasser um diese Jahreszeit an der Furt nur wenige Zentimeter tief, und man konnte trockenen Fußes über den Fluss kommen, wenn man nur auf die etwas größeren Steine trat. Doch da es in den Bergen heftige Gewitter gehabt hatte, stand das Wasser heute kniehoch.

Am Ufer stand eine auffallend schöne Frau aus feinem Hause, die in ebenso prächtige wie empfindliche Kleider gehüllt war. Sie jammerte: "Was mach´ ich bloß, was mach´ ich bloß? Wenn ich durch das Wasser gehe sind meine besten Kleider ruiniert. Ausziehen kann ich sie auch nicht, wo doch jederzeit jemand vorbei kommen kann, und es kann Tage dauern bis das Wasser wieder niedrig ist. Was mach ich bloß, was mach ich bloß?"

Der untersetzte Mönch war vor Schreck wie angewurzelt stehen-geblieben - eine so schöne Frau hatte er seit mindestens einem Jahr nicht gesehen. Ihre Kleidung war nicht nur prächtig, sondern betonte auch ihre körperlichen Vorzüge. Er konnte sehen, wie ihre prallen Brüste den Stoff spannten und ihr Brustansatz mit ihrem Atem im Ausschnitt auf- und niederstieg. Er hörte diese ungeheuer feminine Stimme, als sie ihre Möglichkeiten durchspielte, und als sie dabei das Wort "ausziehen" aussprach, hielt er sich die Ohren zu, das durfte einfach nicht sein: optischer Kontakt, akustischer Kontakt und dann noch der Gedanke, sie könnte sich am Ende gar ausziehen, das konnte, das durfte er nicht hören, er, der Mönch.

"Soll ich euch herübertragen?" fragte da sein groß gewachsener Kollege. Fröhlich nickte die Schöne. Der untersetzte Mönch hörte natürlich dieses Angebot des anderen nicht, denn er hielt sich noch immer beide Ohren zu. Was jetzt kam, ließ ihm allerdings die Augäpfel aus den Höhlen hervortreten, denn es war das absolut Ungeheuerlichste, was sich überhaupt nur denken ließ. Der großgewachsene Mönch trat an dieses Inbild weiblicher Versuchung heran, sie legte ihm einen Arm um den Hals, er umfasste ihre Hüfte mit der einen Hand und ihre Beine - ihre Beine! - mit der anderen, hob sie hoch und trug sie geradewegs über die Furt.

Der untersetzte Mönch stand sprachlos mit offenem Mund da, die Hände immer noch in den Ohren, als ihm sein Freund zuwinkte, er solle nachkommen, derweil die Frau vergnügt weiterging. Sichtlich verstört begann der kleine Mönch durchs Wasser zu steigen. Er kam am anderen Ufer an, und beide setzten ihren Weg fort, schweigend. Nur der untersetzte Mönch schüttelte von Zeit zu Zeit den Kopf und gab Geräusche der Abscheu von sich, während der größere die Zeit zum achtsamen Gehen nützte.

Drei Stunden waren sie gegangen, da platzte es endlich aus dem kleineren der Beiden heraus: "Wie konntest du nur! Wie konntest du das nur tun! Ich habe es genau gesehen: Sie hat dich angelächelt und du, du hast zurückgelächelt! Sie hat den Arm um dich gelegt und du - du hast es geduldet! Und dann hast du sie angehoben! Ich habe es ganz genau gesehen! Dein rechter Arm hat ihre Oberschenkel umfasst, als du sie trugst. Ihre OBERSCHENKEL! Und mit dem linken hieltest du ihren Oberkörper umschlungen, deine Hand lag nur wenige Zentimeter von ihrem Busen entfernt. Und - leugne es nicht, ich habe alles genau gesehen - als du über den großen Stein stiegst hat sich ihr Oberkörper so bewegt, dass dein Zeigefinger für eine Sekunde ihren unteren Brustansatz berührte! Du - ein Mönch! Wie konntest du nur!"

"Ach", sagte der Andere, "das ist aber merkwürdig. Ich habe sie am anderen Ufer gleich wieder abgesetzt. Trägst du sie wohl immer noch mit dir herum?"

Der die Hündin leckt
eine Geschichte aus dem Mahayana-Buddhismus

*Auch hier gilt: diese Geschichten sind **Parabeln**, man muss sich davor hüten, sie allzu wörtlich zu nehmen.*

Asanga war einer von drei Brüdern, die ursprünglich alle im **Sarvastivada**-Orden (einem Orden des Mahayana) Mönche waren, er lebte ungefähr von 310 bis 390 u. Z. im Königreich **Gandhara** (etwa heutiges Afghanistan und nördliches Pakistan). Asanga gilt als einer der Gründer der **Yogacara**-Schule. Er studierte die **Prajnaparamita Sutten**, verstand sie aber nicht. Also bat er seine Lehrer um Erläuterung. Auch dies führte jedoch nicht dazu, dass sie sich ihm erschlossen. Also beschloss er, sich verstärkt um seine Meditationspraxis zu bemühen.

Asanga zog in eine einsame Höhle und nahm sich vor, so lange zu meditieren, bis **Maitreya**, der Buddha der Zukunft, ihm erscheinen würde. Er bemühte sich wirklich eifrig: drei Jahre lang. Doch nach diesen drei Jahren war er so frustriert, dass er seine Höhle verließ. Da traf er einen Mann, der einen Eisenbolzen mit einem Stück Baumwolle rieb.

„Was machst du denn da?" fragte er diesen.

„Ich stelle mir eine Nadel her."

„Aber auf diese Art dauert das doch ewig!"

„Nicht ewig. Aber etwas Geduld muss man schon mitbringen."

Tief beeindruckt kehrte Asanga um und nahm seine Meditationspraxis wieder auf, denn ihm war klar geworden, dass es ihm offensichtlich an *kshanti* mangelte. So meditierte er weitere sechs Jahre in der Hoffnung, dass Maitreya ihm erscheinen würde. Dieser ließ sich jedoch nicht blicken. Tief enttäuscht gab er abermals auf und verließ seine Höhle. Auf seinem Weg kam er durch eine Sandwüste.

„Wo kommt denn nur der ganze Sand her?" fragte er sich. Möglicherweise hatte er sich in den Jahren der Einsamkeit angewöhnt, laut mit sich zu reden, denn der Sand schien ihn gehört zu haben - er antwortete ihm sogar!

„Ich war nicht immer Sand, sondern einst ein riesiger Fels. Doch dann sind Vögel an mir vorbei geflogen, und manchmal haben sie mich mit den Spitzen ihrer Flügel berührt. Wenn das lange genug gemacht wird, so zerfällt auch Fels allmählich zu Sandkörnern."

Abermals war Asanga tief beeindruckt von dem, was ihn der Sand da lehrte. Er kehrte wieder in seine Höhle zurück und meditierte für weitere drei Jahre. Doch noch immer erschien ihm Buddha **Maitreya** nicht. Nun hatte er sich zwölf Jahre bemüht – ohne jedes Resultat. Völlig verzweifelt verließ er endgültig seine Höhle und beschloss wieder unter Menschen zu gehen. Der zuvor eingeschlagene Weg war offensichtlich eine Sackgasse.

Als er an den Rand einer Stadt kam, sah er eine **Hündin**, deren Hinterteil vereitert war. Zahlreiche fette Maden saßen in ihrem Fleisch. Er fühlte Mitleid mit der Hündin und wollte ihr helfen, andererseits war es mit seinem Ethos nicht zu vereinbaren, die Maden zu töten. Maden aber brauchen Fleisch zum Leben. Also schnitt er sich ein Stück Fleisch aus dem Oberschenkel und legte es neben die Hündin. Dann kniete er sich hinter die Hündin und nahm die Maden einzeln, ganz vorsichtig um sie nicht zu verletzen, mit der Zunge aus dem Hinterteil der Hündin. Der Anblick dieser Wunde war so ekelerregend, dass er dabei die Augen schließen musste.

Plötzlich hatte er ein lautes Rauschen in den Ohren, und erstaunt öffnete er die Augen. Vor ihm stand – inmitten eines Strahlenkranzes – *Maitreya*. Trotz seiner übergroßen Freude platzte es aus Asanga hervor: „Warum um alles in der Welt jetzt und nicht in all den zwölf Jahren, da ich meditierte?"

„Aber Asanga, ich war doch all die zwölf Jahre bei dir, aber du konntest mich nicht sehen, weil du bisher noch nicht genug **Mitgefühl** entwickelt hattest."

Ungläubig sah Asanga den Buddha Maitreya an. Doch dieser wollte Asanga gerne zeigen, dass es tatsächlich so war: „Asanga, nimm mich auf die Schultern und trage mich durch die Stadt, damit alle Leute mich sehen können."

Gesagt, getan. Doch merkwürdigerweise konnte niemand in der ganzen Stadt Maitreya sehen. Und nur einer alten Frau gelang es, wenigstens den Hund zu sehen.

Milarepa

Milarepa I – Schwarze Magie

eine Geschichte aus dem Vajrayana-Buddhismus

Die drei hier veröffentlichten Milarepa-Geschichten sind Geschichten aus dem Leben des großen tibetischen Gurus.

Es war im 11. Jahrhundert unserer Zeitrechnung, zu jener Zeit also, da Tibet noch nicht vom Buddhismus durchdrungen war, aber es gab bereits einzelne buddhistische Lehrer neben der noch starken tibetischen **Bön-Religion** *und neben allerlei Magie.*

∗∗∗

Auf einem Bauernhof am Rande einer kleinen Stadt lebte eine Familie mit einigen Kindern, darunter der etwas zwielichtige junge Held unserer Geschichte, *Milarepa*. Als Milarepas Vater starb, kam es zwischen der Mutter und den Verwandten des Vaters zu Erbstreitigkeiten, wie dies nicht nur damals und nicht nur in Tibet eine häufig geübte Praxis war. Diese Erbstreitigkeiten wuchsen sich so weit aus, dass sich eine regelrechte Feindschaft entspann.

Milarapas Mutter fühlte sich zu unrecht benachteiligt und sann auf Rache. Sie lebte allein mit ihren Kindern in dem abgelegenen Gehöft in Sichtweite des Städtchens, und ihre Feindschaft zur Verwandtschaft steigerte sich allmählich zur Obsession. Häufig stand sie mit verschränkten Armen und verbissenem Gesicht am Fenster und blickte zornig auf die Anwesen ihrer Verwandten hinab. Fieberhaft arbeitete es in ihrem wütenden Hirn, denn wie sollte sie, eine einzelne Witwe mit kleinen Kindern, sich gegen die Übermacht der

Verwandtschaft zur Wehr setzen? Mit normalen Mitteln war dies nicht möglich. Also blieben nur paranormale Mittel, über die sie leider nicht verfügte. Sie sehnte sich danach, als *black magic woman* ihre Verwandten heimzusuchen.

Es gab in dieser Zeit in Tibet zahlreiche Meister der Magie. Manche von ihnen setzten diese Kräfte zum Nutzen der Menschen ein, beispielsweise als Heiler, aber es gab auch die anderen, die Meister der **Schwarzen Magie** - und genau dies fesselte die Gedanken von Milarepas Mutter. In ihr reifte ein teuflischer Plan heran, bei dem der Sohn zum Mittel ihrer Rache werden sollte.

Der begabte Sohn war seiner Mutter treu ergeben - wie auch anders, war sie doch praktisch die einzige erwachsene Person, zu der der Junge Kontakt hatte, und natürlich übertrug sie ihren in Verfolgungswahn wurzelnden manischen Hass auf ihre Kinder. Man kann geradezu sagen, diese Familie war ein Musterbeispiel dafür, was der Gießener Psychoanalytiker und Arzt Prof. Horst-Eberhard **Richter** im 20. Jahrhundert als Familienneurose beschrieben hat.

Als Milarepa zum Teenager herangewachsen war und er genug von der Familienneurose in sich aufgesogen hatte, schickte seine Mutter ihn in die Lehre zu - wie konnte es anders sein - einem Meister der **Schwarzen Kunst**. Und schon bald war Milarepa so weit, seiner Mutter mit ersten Diensten zu Hilfe zu eilen. So gelang es ihm, das besondere Wohlwollen seiner Mutter dadurch zu erringen, dass er einen Gewittersturm entfesselte und so genau platzierte, dass zwar die Ernte der Verwandtschaft (und die eines großen Teils der anderen Bauern) vernichtet wurde, nicht jedoch die auf den eigenen Feldern. Natürlich ging bald die Kunde, dass Milarepas Mutter mit schwarzen Mächten im Bunde und selbst wohl eine gefährliche Hexe sei, dies umso mehr als wenige Tage nach dem

Gewittersturm der Wortführer von Milarepas feindlicher Verwandtschaft auf geheimnisvolle Weise plötzlich verstarb.

Milarepa aber ging weiter in die Lehre beim Meister der Schwarzen Magie, auch wenn sich in ihm inzwischen leichte Zweifel hegten, ob denn das alles richtig sei, was er da mache. Einerseits konnte er die Leiden der Menschen in der Stadt erahnen, andererseits geriet er, wann immer er das elterliche Anwesen betrat, in den Bann seiner Mutter. In ihm regte sich der natürliche Wunsch, von ihr, die ihm sein Leben geschenkt hatte, geliebt und anerkannt zu werden. Fatalerweise verlangte sie jedoch von ihm, seine magischen Kräfte zum Schaden der Verwandtschaft einzusetzen.

Im nächsten Jahr kehrte er wieder von seiner Ausbildung in der Schwarzen Kunst zurück, und erneut hegte er die Hoffnung, seiner Mutter irgendwie anders dienstbar sein zu können, vielleicht als Erntehelfer, denn er war inzwischen ein starker junger Mann. Aber erneut wurde er von dem geheimnisvollen Wirken der mütterlichen Neurose eingefangen, und er gab ihren Wünschen erneut nach. Von heftigen Zweifeln ob seines Wirkens gepackt, aber letztlich doch aus Liebe zur Mutter führte er - diesmal unter Tränen - einen noch stärkeren Zauber aus: ein Unwetter beschwor er herauf, das seinen Fokus genau dort hatte, wo die verhasste Verwandtschaft lebte. Der Zauber hatte einen doppelten Erfolg: einerseits die Vernichtung der Verwandtschaft, andererseits wurde er zum Wendepunkt in Milarepas Leben.

Als die Kunde davon, was das Unwetter angerichtet hatte, auf ihren Hof drang, war die Mutter hocherfreut: der Zauber hatte tatsächlich die Häuser der Verwandtschaft zerstört, keine dieser verhassten Familien kam ungeschoren davon, insgesamt 18 Verwandte waren umgekommen, Männer, Frauen und Kinder, dazu zahlreiches Vieh. Die Mutter war stolz auf ihren Sohn

Milarepa und dieser erhielt das kostbarste Familienerbstück, einen großen, wertvollen Edelstein.

Milarepa selbst war alles andere als begeistert vom Erfolg seiner Taten. Er nahm den Edelstein, den Blutlohn, setzte sich hinter das Haus und heulte die ganze Nacht Rotz und Wasser. Am nächsten Tag stand sein Entschluss fest: er musste hier weg. Er musste sich vom Einfluss seiner Mutter befreien, er musste wegziehen und das Gute lernen, um das Böse, das in ihm eine Heimstatt gefunden zu haben schien, zu bekämpfen. Während seiner Lehrzeit hatte er von anderen Meistern gehört, die andere geheime Künste beherrschten, u. a. vom Meister *Marpa*, der den tantrischen Buddhismus praktizierte. Zu diesem wollte er, um ihn um eine Unterweisung zu bitten.

Selbigen Tages verließ Milarepa den Ort seiner Schandtaten, verließ die Mutter und sollte sie zeitlebens nicht mehr wiedersehen. Erst sehr viel später, nach Jahrzehnten, als aus ihm ein weiser Siddhi geworden war, zu einer Zeit als Milarepa als der Sänger der 10.000 Lieder galt und als Tibets berühmtester *Yogi*, sollte er an die Stätte seines frühen Wirkens zurückkehren, aber zunächst folgten Sühnejahre. (vgl. die Geschichte Milarepa II – Sühnejahre in diesem Band)

Erst nach Jahrzehnten kehrte Tibets großer Yogi Milarepa also in seinen Geburtsort zurück. Natürlich erkannte ihn, einen unbekannten Wanderer, dort niemand mehr, und so konnte er sich im Ort inkognito nach seinem Elternhaus erkundigen.

"Ja, das Haus gibt es, aber ihr solltet dort nicht hingehen, es ist ein verwunschener Ort, die Heimstatt des Bösen."

"Ist es denn noch bewohnt?" erkundigte sich Milarepa.

"Das weiß niemand genau, weil sich niemand dem Haus auf weniger als eine Meile nähert. Vor langer Zeit wohnte dort eine böse Hexe, die Tod und Verderben über unsere Stadt brachte.

An solch verwunschene Stätte begibt sich niemand. Wir können froh sein, dass von dort seit langem kein Unheil mehr über uns kam."

Milarepa begab sich zu seinem Elternhaus. Es sah verlassen aus.

Er klopfte. - Nichts.

Er rief. - Nichts.

Dann versuchte er die Tür zu öffnen. Sie fiel ein. Er trat ins Haus. Gespenstische Stille. Es sah aus, als sei seit Jahrzehnten nicht mehr sauber gemacht worden. Zentimeterdick lag der Dreck herum. Es gab längst keine Mäuse oder Ratten mehr, denn es gab nichts, wovon diese sich hätten ernähren können.

Er trat in die Küche. Das gleiche Stillleben. Doch nein, da war ein Unterschied, mitten in der Küche lag ein kleiner Haufen Erde. Milarepa wollte sich gerade davon abwenden, da assoziierte er plötzlich ein Bild aus seiner Jugend, und er wandte sich wieder diesem Erdhaufen zu. Es war der Stofffetzen, der aus dem Erdhaufen herausschaute, der seine Aufmerksamkeit erregt hatte und der plötzlich das Bild von seiner Mutter vor seinem geistigen Auge erscheinen ließ. Er ging hin und zog den Fetzen heraus. Tatsächlich, das Muster kannte er, es war das Muster eines Kleides seiner Mutter. Eine Träne in den Augen zog er weiter an dem Stoff und jetzt kamen einige halb vermoderte menschliche Knochen aus dem Erdhäufchen zum Vorschein.

Einige Momente stand Milarepa andächtig schweigend vor den letzten Resten seiner Mutter. Dann kniete er nieder, schob den Erdhaufen, die Knochen und die Kleiderfetzen zu einer Art Kissen zusammen und setzte sich darauf nieder um sich in einer die ganze Nacht dauernden Meditation zu sammeln.

Milarepa war nach Hause zurückgekehrt als er sicher war, dass das hasserfüllte Herz seiner Mutter ihm nicht mehr gefährlich werden konnte. Er war bereit, sich mit der Vergangenheit ein letztes Mal auseinanderzusetzen und sich über das hinwegzusetzen, was seine verpfuschte Jugend ausgemacht hatte.

Ich kenne keine andere Geschichte in der die Aufarbeitung einer Psychose und das "sich darüber hinwegsetzen" so buchstäblich ausgedrückt wird wie an der Stelle, als sich Milarepa in der Meditation "über seine Mutter hinwegsetzt".

Milarepa II - Sühnejahre

eine Geschichte aus dem Vajrayana-Buddhismus

Nachdem Milarepa so schreckliche Verbrechen *(vgl. Milarepa I - Schwarze Magie)* auf Grund einer Familienneurose begangen hatte, verließ er seine Mutter und sein Elternhaus, um sich dem unheilvollen Einfluss dieser Person zu entziehen. Er hatte einen kostbaren Edelstein bei sich und war auf der Suche nach einem Lehrmeister, der ihn in den Dharma, die Lehre des Buddha einführen konnte. In dieser Zeit breitete sich der *tantrische Buddhismus* unter indischem Einfluss in Tibet allmählich aus. Milarepa war auf der Suche nach *Marpa*, der mit Indien in Kontakt stand und der am besten in der Lage sein sollte, ihm die Lehren des Dharma zu geben.

Nach einer mehrtägigen Wanderung kam er in das Tal, in dem Marpa lebte. Er fragte einen Bauer auf dem Feld, wo er Marpa finden könnte, denn er wusste nicht, dass der Bauer kein anderer war als Marpa selbst. Marpa erfasste die Situation sofort. Er sah, dass dieser junge Mann auf der Flucht war, auf der Flucht vor sich selbst, auf der Suche nach dem Dharma. Marpa sah aber auch, dass Milarepa in seinem derzeitigen Geisteszustand noch nicht reif war für die *Einweihung* in das *Tantra*, das er anstrebte.

Marpa lebte in diesem Tal allein mit seiner Frau Dagmema. Er bebaute den Acker und sie versorgte das Haus. Marpa stellte klare Bedingungen: als Lehrgeld müsse Milarepa den Edelstein zahlen, den er von seiner Mutter erhalten habe, er habe als Knecht zu arbeiten und alles zu tun, was Marpa von ihm verlange, er bekäme dafür keinerlei Lohn, aber ausreichend zu essen und eine Schlafstelle. Marpa wäre bereit, ihm die Einweihungen zu geben, wenn Milarepa genug für ihn gearbeitet habe und reif dafür sei. Das waren die Bedingungen, und so wurden sie umgesetzt.

Lehrjahre sind keine Herrenjahre, sagt ein deutsches Sprichwort. Aber normalerweise sind Lehrjahre auch keine Sklavenjahre. Milarepas Jahre bei Marpa aber waren Sklavenjahre. Marpa verlangte von Milarepa nicht nur die härteste Arbeit, er erwies sich auch als unberechenbar und jähzornig. Nach vielen Jahren war Milarepa am Ende. Er wollte nur noch weg. Marpa bemerkte dies und zündete Stufe zwei seiner Schikanen.

"Es gibt da gewisse Fortschritte bei dir, Milarepa. Ich denke, wenn du noch eine letzte Aufgabe erledigt hast, dann bist du so weit, dass ich dir die Einweihung geben kann."

Milarepa, der schon der Verzweiflung nahe gewesen war, war nunmehr überglücklich, als er sich dem Ende seiner Leiden nahegekommen wähnte, allerdings verschlug es ihm die Sprache, als Marpa ihm sagte, was denn die letzte Aufgabe sei: "Bau mir einen schönen Turm, drei Stockwerke hoch auf dem kleinen Berg am Ende des Tales, die Steine dafür findest du unten im Tal."

Milarepa wusste nicht, ob er weinen oder lachen sollte. Einerseits war es nur noch eine einzige Pflicht, die er zu erfüllen hatte, andererseits war dies eine Aufgabe, die einen einzelnen Mann schier überforderte: einen Turm! Drei Stockwerke hoch! Das bedeutet einen Turm mit Tür, Fenstern, Dach, Wendeltreppe und Zwischenebenen! Und das alles auf einem Berg! Und die Steine lagen im Tal! Diese Nacht verbrachte Milarepa mit Weinkrämpfen, während Marpa seelenruhig schlief und sich

Dagmema, Marpas Frau, unruhig umher wälzte ob der offensichtlichen Schikane ihres Mannes gegenüber Milarepa.

Am nächsten Morgen hatte sich Milarepa durchgerungen. Er hatte schon viele Jahre hier verbracht. Sein einziger Besitz, der Edelstein, war weg. Zwar lag eine gigantische Arbeit vor ihm, aber in zwei, drei Jahren konnte er es schaffen, wenn er sich anstrengte. Und wie würde er sich anstrengen! - Meister Marpa hingegen war frei von irgendwelchen Zweifeln und Ängsten, er ließ sich das Frühstück ausgezeichnet schmecken, er war in aufgeräumter Stimmung.

Milarepa arbeitete wie ein Tier, schon lange vor der Morgendämmerung stand er auf, und wenn das erste Sonnenlicht über die Berge blitzte, war er bereits auf der Baustelle, schleppte Steine, haute sie zurecht, verbaute sie. Und spät abends nach Einbruch der Dunkelheit kehrte er zurück, gebeugt von der Arbeit, mit zitternden Händen, die übersät waren von Wunden, die er sich bei der harten Arbeit zugezogen hatte. Auch seine lumpenumwickelten Füße waren blutig, denn so etwas wie Sicherheitsschuhe gab es noch längst nicht, und seine Haut war rissig. Er arbeitete in sengender Sonne, er arbeitete in eisigem Wind bei Regen und er arbeitete auch in den langen kalten Monaten, in denen Tibet vom Schnee bedeckt ist. In nur gut zwei Jahren hatte er es geschafft. Er war stolz!

"Es ist so weit", verkündete er Marpa, "der Turm ist fertig. Morgen kannst du ihn besichtigen, und dann kannst du mir die Einweihungen in die geheimen Lehren des tantrischen Buddhismus geben." Am nächsten Morgen war Milarepa wieder zeitig auf, er war frohgemut und erstmals seit mehr als zwei Jahren nahm er sich ausgiebig Zeit für das Frühstück, denn er musste nicht auf die Baustelle. Er hatte Zeit, um auf Marpa zu warten. Auch dieser war guter Dinge, Milarepa nahm dies als gutes Zeichen, und also gingen sie in Richtung auf den Turm zu. Als sie die letzte Wegbiegung erreicht hatten, zeigte Milarepa nach oben und verkündete stolz: "Da ist er." Tatsächlich stand auf dem Berg ein wohlgestalteter Turm, drei Stockwerke hoch, eine wahre Zierde menschlicher Schaffenskraft. Niemals würde jemand glauben, dass ein einzelner Mann ein solches Meisterwerk vollbracht habe, das noch in Jahrhunderten von der Genialität seines Baumeisters zeugen würde!

Marpa aber funkelte Milarepa wütend an: "Bist du denn verrückt, Mann? Was soll denn das? Ein Turm auf dem Berg da links! Natürlich gehört der Turm auf den Berg dort rechts! Marsch, zurück an die Arbeit, dorthin gehört der Turm, nach rechts, es ist ein Frevel den Turm dahin zu bauen - nach links. Ach - und bevor du mit dem neuen Turm beginnst: zuerst kommt der alte Turm da weg. Flusskiesel für den Turmbau zu verwenden - so etwas! Alle Flusssteine werden in den Fluss zurückgebracht, und dann kannst du mit den Steinen aus jenem Steinbruch dort den richtigen Turm bauen, aber auf dem rechten Berg, Trottel." Damit wandte sich Marpa um und ging zurück, ein Liedchen trällernd.

Milarepa war außer sich ob dieser Ungerechtigkeit. Mit keinem Wort hatte Marpa erwähnt, dass der Turm auf den rechten Berg gehöre, ebenso wenig, dass nur bestimmte Steine verwendet werden sollten. Zwei Jahre lang hatte sich Milarepa jetzt geplagt, niemals wollte Marpa etwas vom Fortgang der Arbeiten hören, niemals ließ er sich am Bau blicken - und jetzt das!

Drei Tage und drei Nächte blieb Milarepa beim Turm und heulte Rotz und Wasser. Dann - als er wusste, das Marpa auf dem Feld war - schlich er sich zu Marpas Frau, dem einzigen anderen Menschen im Tal, und klagte ihr sein Leid. Dagmema hatte aufrichtiges Mitleid mit Milarepa, sie billigte die Handlungen ihres Mannes keineswegs. Milarepa bat sie, in den nächsten Tagen herauszufinden, ob Marpa ihm jemals die Einweihungen geben wollte, oder ob er nur gedachte, ihn weiter zu schikanieren. Die Frau sagte dies zu, und versicherte Milarepa außerdem, jeden Tag eine Extraportion gekochten Essens abzuzweigen und diese ihm in einem Topf mit auf den Weg zu geben, denn sie sah mit zunehmender Sorge, dass der einst so kräftige junge Mann zusehends abmagerte.

Tag für Tag arbeitete Milarepa jetzt am Abbau des Turmes. Ein Trost waren ihm die Extraportion Essen und das aufmunternde Schulterklopfen, das er von Dagmema erhielt, wann immer es Marpa nicht sehen konnte. Nach zwei Wochen erhielt Milarepa von Marpas Frau eine gute Nachricht: sie habe Marpa unverfänglich in ein längeres Gespräch verwickelt. Marpa sei überzeugt, Milarepa mache gute Fortschritte und ein Turm dürfe natürlich nicht auf die linke Seite gebaut werden, dies sei von alters her der Brauch, dies würde nur böse Geister anlocken. Es sei wohl alles doch keine Schikane gewesen - Marpa sei vielmehr wirklich erstaunt gewesen, dass Milarepa nicht gewusst habe, dass ein Turm auf der linken Seite Unglück bedeute.

So schöpfte Milarepa neuen Mut und nach gut einem halben Jahr war der "linke Turm" verschwunden, alle Steine waren zurückgebracht und Milarepa konnte sich von Neuem an den Turmbau machen. Leider erwies sich das Gestein aus dem Steinbruch als schwieriger zu verarbeiten - auch mussten diese Steine erst aus dem Berg gehauen werden und lagen nicht wie die im Fluss einfach nur herum, um von irgendjemandem aufgelesen zu werden - weiterhin waren sie ungünstiger zu transportieren als die dicken Flusskiesel. Milarepa machte sich aus einem *Yak*fell einen Ledersack, mit dem er die scharfkantigen Steine auf dem Rücken transportieren konnte, aber es war dennoch in noch viel stärkerem Maße eine Knochenarbeit als der erste Turmbau. Trotz des Yakfells auf seinem Rücken verletzten ihn mehr und mehr Steine und bald schon war sein Rücken übersät mit schwärenden Wunden. Hätte Marpas Frau ihn nicht mit einer Salbe aus Yakfett und allerlei Kräutern behandelt, er hätte die Anstrengung gewiss nicht überlebt.

Nach abermals zwei Jahren war der neue Turm fertig. Milarepa war diesmal ebenso stolz wie unsicher - bei Marpa wusste man schließlich nie, woran man war. Am Morgen der entscheidenden Inspektion war Milarepa zeitig auf. Dagmema hatte ihm das Frühstück gemacht. Als es Marpa nicht sah, nahm sie Milarepa in die Arme, drückte ihn an sich und sagte: "Ich drück´ dir die Daumen, Kleiner." Marpa hatte es an diesem Tage nicht eilig. "Geh schon vor, Milarepa, ich habe noch etwas zu erledigen, ich komme im Laufe des Tages vorbei und sehe mir dein Kunstwerk an."

Milarepa fühlte sich wie auf heißen Kohlen. Würde er endlich am Ende seines Frondienstes sein und die *Einweihungen* erhalten? Oder würde Marpa wieder wegen einer Kleinigkeit aus der Haut fahren und ihm befehlen, den Turm abzureißen?

Je weiter der Tag verstrich, desto unsicherer war Milarepa, ob Marpa überhaupt erscheinen würde. Als die Abenddämmerung kam, beschloss er zurückzugehen, da es offensichtlich aussichtslos war, auf Marpa zu warten. Da hörte er von Ferne einen ziemlich unmelodischen Gesang - das konnte nur Marpa sein. Und tatsächlich, wenig später bog Marpa sichtlich angeheitert um die Ecke, sah den Turm, setzte sich auf den Boden und wollte sich gerade ausschütten vor Lachen. Milarepa wusste jetzt überhaupt nicht, woran er war.

"Was soll denn das sein?", fragte Marpa und wurde erneut von Lachkrämpfen durchschüttelt. "Junge, soll das für ein Museum sein oder was?" Milarepa verstand überhaupt nichts mehr.

"Ein runder Turm!? Ein runder Turm! Junge, in welchem Jahrhundert lebst du eigentlich? Runde Türme sind seit über fünfzig Jahren aus der Mode!"

"Du willst doch nicht", fragte Milarepa zitternd, "dass ich diesen Turm einreiße und dir einen eckigen stattdessen baue?"

"Natürlich kommt der altmodische Kram da weg und an seiner Stelle baust du mir einen schönen eckigen Turm!", sprach's und wandte sich zum Gehen.

Zumindest hat er nicht verlangt, dass ich alle Steine zurücktrage, dachte sich Milarepa, der inzwischen schon über kleine Dinge froh sein konnte. Bevor sein Meister rülpsend um die Ecke verschwand, rief er ihm noch geistesgegenwärtig nach: "Einen <u>vier</u>eckigen Turm meint ihr?"

"Ha, ha, ha," kam die Antwort, "einen <u>drei</u>eckigen natürlich, Dummkopf."

"Es hätte schlimmer kommen können", dachte sich Milarepa. "Den Turm abreißen und an Ort und Stelle einen neuen zu bauen, das dürfte in anderthalb Jahren zu schaffen sein, wenn ich mich richtig anstrenge. Aber warum will der Alte ausgerechnet einen dreieckigen Turm, davon habe ich noch nie etwas gehört." Andererseits war es ein gutes Zeichen, endlich zu wissen, was Marpa wollte. Je länger er darüber nachdachte, desto klüger kam er sich vor, dass er gefragt habe, ob der Turm viereckig sein sollte, wie eigentlich alle Türme, die nicht rund sind.

So fasste Milarepa neuen Mut und arbeitete, so rasch er nur konnte. Er verausgabte sich zu sehr. Eine heftige Krankheit schüttelte seinen ausgemergelten und geschundenen Körper durch und ein hohes Fieber befiel ihn. Ohne die Fürsorge von Dagmema hätte er zweifelsohne nicht überlebt. Die Frau machte sich mehr und mehr zum Fürsprecher von Milarepa. Wenn Marpa und Dagmema abends im Bett aneinandergekuschelt lagen, und er in guter Stimmung war, versuchte sie ihn wiederholt darauf aufmerksam zu machen, wie folgsam der inzwischen nicht mehr ganz so junge Mann war, wie schwer er schuftete, und dass er doch bald seinen lang verdienten Lohn erhalten müsse. Doch das war die Stelle, an der sich Marpa jedes Mal aus dem Bett erhob, vor die Tür ging, einen Krug Bier holte, sich brummbärig an den Tisch setzte und trank, statt ihr zu lauschen.

Nach geraumer Zeit war es dann endlich so weit, Milarepa hatte erneut den gewünschten Turm errichtet. Am Abend, als Marpa gut gelaunt, ein Lied auf den Lippen, vom Feld heimkehrte verkündete Milarepa: "Meister, er ist fertig."

Marpa strahlte: "Wirklich, ist das wirklich wahr, mein Turm ist endlich fertig?"

"Ja, Meister."

"Und er ist an der von mir bezeichneten Stelle?"

"Ja, Meister."

"Und er ist eckig, nicht rund, Milarepa?"

"Ja, Meister, er ist <u>drei</u>eckig."

"Dreieckig? Sagtest du DREI-eckig? Hat man jemals etwas von einem dreieckigen Turm gehört? - Du scherzt!"

"Nein, Meister," Milarepa lief es eiskalt den Rücken herunter, "ihr habt ausdrücklich verlangt, dass er dreieckig sein müsse."

"So? - Dann muss ich besoffen gewesen sein. Kein Mensch verlangt schließlich mit klarem Kopf einen dreieckigen Turm! Allerdings baut auch kein Mensch, der bei klaren Sinnen ist, einen dreieckigen Turm. Mensch, Milarepa, das hätte dir doch klar sein müssen! Natürlich muss der Turm weg und ein viereckiger muss hin. Basta!" Marpa sprach´s und verzog sich ins Bett.

Bitterlich weinte Milarepa, ein Weinkrampf durchschüttelte seinen Körper, und die Frau ging zu ihm, ihn zu trösten. An ihrem Busen weinte er sich aus wie ein Kind, während sie ihm zärtlich über den Kopf strich, wo sein Haar schon schütter wurde, ob der zu wenig ausgeglichenen Ernährung bei gleichzeitig extrem harter Arbeit. Dann flüsterte Dagmema: "Hast du ihn wirklich dreieckig gebaut?" Das aber erschütterte Milarepa noch mehr, so dass er einen neuen Weinkrampf bekam. Jeder normale Mensch musste schließlich, genau wie diese Frau, denken, dass ein dreieckiger Turm wirklich absurd ist. Nur ihn hatte in seiner Verblendung gedünkt, er sei besonders pfiffig gewesen, als er nachgefragt hatte: "Viereckig?" Natürlich waren alle eckigen Türme viereckig, und natürlich war es ein Scherz auf eine solch absurde Frage mit "dreieckig" zu antworten. Er sah ein, das es diesmal seine eigene Schuld war.

Er pausierte drei Tage, an denen er nur zum Turm ging und ihn unter Tränen ansah, bevor er sich an den Abriss machte. Einige Tage später sagte er zu Dagmema: "Ich weiß, es war diesmal mein Fehler. Aber ich weiß auch: dies ist definitiv der letzte Turm, den ich baue. Gibt mir Marpa die Einweihung dann nicht, dann weiß ich nicht, wie es weitergehen wird. Ich weiß nur, dass ich dann hier fort bin.

Am Abend im Bett berichtete sie ihrem Gemahl Wort für Wort, was Milarepa gesagt hatte. Diesmal ging Marpa nicht zum Bier. Er grunzte nur: "Hmm", und drehte sich um, um zu schlafen. Marpas Frau kannte ihren Mann schon so lange, aber sie wusste dennoch nicht, ob dies ein gutes oder ein schlechtes Zeichen war.

Eigentlich hatte Milarepa gedacht, nach so vielen Bauarbeiten würde ihm dieser letzte Turmbau nichts mehr ausmachen, doch er irrte sich gewaltig. Zu sehr hatte er sich in den vergangenen Jahren verausgabt. Von Narben übersät war sein Körper, und zwischen den Narben klafften frische Wunden, sie heilten immer schlechter, trotz der Kräutertinkturen, die Dagmema ihm auftrug. Eines Tages, als sie ihm eine Wunde am Handgelenk versah, wo die Haut aufgerissen war und der Knochen bloß lag, sah sie, wie aus dem Knochen das Mark austrat. - "Marpa, ich fürchte mit Milarepa geht es zu Ende", sagte sie ihrem Mann abends im Bett. - "Hmmh", grunzte Marpa zurück, sonst nichts.

Die Frau tat ihr Möglichstes, Milarepa mit dem nötigen vitaminreichen Obst und Gemüse zu versorgen. Milarepa hatte inzwischen ganz sein eigentliches Lebensziel aus den Augen verloren. Er machte die ganze stumpfsinnige Knochenarbeit nur noch um ihrer selbst Willen. Bauen, um zu bauen, um einen Turm zu bauen. Einen viereckigen. Und dann fertig. Nie wieder Turm, nie wieder bauen.

An einem frischen Aprilnachmittag kam Milarepa von der Baustelle zurück, auf einen Krückstock gestützt, denn sein rechtes Bein war verletzt. Er ging in die Küche, in der sich Marpa und die Frau befanden. Milarepa ließ sich auf den Stuhl fallen: "Fertig", sagte er.

"Wer?", fragte Marpa, "der Turm oder du?"

"Beide."

"Wann gehen wir ihn ansehen, Milarepa?" Dieser zuckte nur leicht mit den Achseln. Dagmema war keineswegs sicher, ob Milarepa den nächsten Morgen überhaupt noch erleben würde. "Iss eine kräftige Suppe, dann gehen wir!" sagte sie bestimmt.

Marpa zog eine Augenbraue hoch, sagte aber nichts, er grunzte nicht einmal. Sie gingen zusammen zum Turm, das heißt, Milarepa ging eigentlich nicht, er schleppte sich - auf der einen Seite von Marpa, auf der anderen von Dagemma gestützt - zum Turm.

Als sie um die letzte Wegbiegung kamen, hing Milarepas Blick ängstlich an Marpa: "Ist er so, wie ihr ihn braucht, Meister?"

Marpa blickte keinen Augenblick zum Turm, er sah Milarepa nur in die Augen: "Ja, er ist genau so, wie ich ihn brauche."

"Aber Meister, ihr habt ihn doch noch gar nicht gesehen!"

"Doch, Milarepa, ich sehe ihn die ganze Zeit an, ER ist jetzt genau so, wie ich ihn brauche", antwortete Marpa und zeigte auf Milarepa.

Am nächsten Tag begann Marpa Milarepa die Lehre zu erläutern, es folgten die tantrischen Initiationen. Milarepa erreichte die Erleuchtung und wurde zu Tibets bis heute bedeutendsten Yogi.

Anmerkungen

*Auch wenn sich einem die Haare ob Marpas Art sträuben, muss man zugeben, dass er Erfolg hatte. Milarepas Zeit des Türmebauens war eine Sühnezeit. Er war in dieser Zeit ein anderer geworden. Stand er anfangs noch unter dem schweren Schatten seiner Schuld, so hatte er sich inzwischen auf erstaunliche Weise geläutert: er wollte die Einweihungen, er wollte den **Dharma** praktizieren und er war bereit, dafür schwerste, nein: allerschwerste Opfer zu vollbringen.*

*Auch Marpa hatte zuvor schwerste Opfer vollbracht: er wanderte dreimal von Tibet über den Himalaya nach Indien um die buddhistischen Lehren ins Schneeland zu bringen und zu übersetzen. Insgesamt hielt er sich 17 Jahre in Indien auf, wo er ein Schüler von **Naropa** in **Nalanda** war. Dank Marpa überlebte die **Mahamudra**-Praxis, denn sie ging infolge der islamischen Eroberung Indiens dort unter.*

Milarepa III: Der nackte Heilige
eine Geschichte aus dem Vajrayana-Buddhismus

Tibets großer *Yogi* Milarepa praktizierte schon lange in einer einsamen Höhle in den Bergen Tibets und ihm schienen weder Hunger noch Kälte etwas auszumachen. Gegen den Hunger war praktisch bereits seit Jahren seine einzige Nahrung die Brennnesseln, die er sich zu einer Suppe kochte. Man sagt, Milarepa habe grüne Haut gehabt von der eintönigen Nahrung mit grünen Brennnesseln, daher wird er gewöhnlich mit grüner Haut abgebildet.

Gegen die Kälte half ihm nur zweierlei, erstens seine Höhle, denn in der Berghöhle ging die Temperatur auch im strengen Winter nicht weit unter den Gefrierpunkt, was dennoch lausig kalt war, und zweitens seine Meditation: man sagt, er habe durch die Kraft seiner Meditation seinen Körper so stark unter Kontrolle gehabt, dass er gegen die Kälte praktisch immun war. Wie das bei der spärlichen Brennnesselnahrung gehen sollte, ist mir zwar ein Rätsel, aber vielleicht waren tatsächlich magische Fähigkeiten im Spiel. Kleidung schützte den Yogi nicht vor der Kälte, denn sein Fetzenkleid war längst zerrissen, und so lebte, meditierte und sang er nackt. Mitunter bekam er dennoch etwas anderes als Brennnesseln zu essen, denn manchmal begab er sich auf Almosengang, und hin und wieder kamen die Leute aus dem nächsten Dorf und brachten ihm etwas zu essen.

In letzter Zeit waren es drei junge Mädchen, die den Yogi häufig besuchten, ihm Nahrung brachten, seinen Liedern lauschten und - wie das so die Art von weiblichen Teenagern ist - öfter die Köpfe zusammensteckten, tuschelten und kicherten. Was sie da so erheiterte, ist nicht überliefert, und auch ich will hierüber nicht spekulieren. Auch warum die Mädels ihn zwar recht regelmäßig mit Nahrung versorgten, allerdings wohl nie auf die Idee kamen, ihm auch nur den kleinsten Fetzen Kleidung zu bringen, ist nicht überliefert. Vielleicht kamen sie ja auf die Idee - und taten es trotzdem nicht. Das alles jedoch störte unseren *Yogi* nicht, und er sang die schönsten Lieder: er ist nicht umsonst als der Sänger der 10.000 Lieder bekannt, und viele davon hat er wohl in Anwesenheit der drei Mädels zum Besten gegeben.

Eines Tages kam Milarepas Schwester zu Besuch. Sie wohnte weit entfernt, hatte aber vernommen, dass ihr Bruder zurückgezogen in völliger Einsamkeit lebte, denn der Ruhm des Sängers der 10.000 Lieder war durch ganz Tibet gedrungen. Auch sie brachte ihm bei ihrem ersten Besuch keine Kleidung mit. Schwer zu glauben, dass bei seiner Berühmtheit sich seine Nacktheit nicht herumgesprochen haben sollte; vielleicht dachte sie einfach, wenn er denn in der Einsamkeit in aller Unschuld seine Nacktheit als seine persönliche Note ansieht, was ist schon dabei.

Jedoch zeigte sie sich äußerst peinlich berührt bei ihrem ersten Besuch. Denn kaum war sie bei ihrem Bruder, stellten sich auch die drei Mädels ein. Sie brachten ihm Nahrung, er sang und sie hüpften und tanzten um und mit dem nackten Yogi, dass es seiner Schwester die Schamröte ins Gesicht trieb. Als die kichernden Mädels gegangen waren, stellte sie ihren Bruder zur Rede: "Das ist unmöglich, das kannst du doch nicht machen, schämst du dich denn gar nicht deiner Nacktheit?"

"Aber, liebste Schwester, was ist denn da zum Schämen, es ist doch die natürlichste Sache der Welt, nackt zu sein!"

"Das vielleicht, aber was eben geschah, das geht einfach nicht! Wenn diese schamlosen Geschöpfe um dich herumtanzen, dann steht das da", und sie zeigte mit ihrem Finger auf eine Stelle zwei Handbreit unter seinem Nabel und lief dabei tiefrot an, "dann steht das da ab. Das ist unmöglich, das geht einfach nicht, wenn ich wieder komme, bringe ich dir etwas zum Anziehen mit, damit so etwas nie wieder sichtbar geschieht." Sprach´s und wandte sich zum Gehen.

Bald kam sie wieder und brachte Milarepa eine neue schöne Robe: "Darin hüllst du dich ein, damit eine solche Schande nie wieder passiert."

"Ich weiß", antwortete Milarepa und bemühte sich seiner Schwester zuliebe schuldbewusst auszusehen, "damit man nichts abstehen sieht."

"Genau, das geht einfach nicht, das ist äußerst unschicklich - und das vor den Mädels."

Die Schwester ließ ihren Bruder mit dem neuen Gewand allein und beschloss, bald wieder nach dem Rechten zu sehen, bei diesem Bruder weiß man ja nie.

Als sie bald darauf ihre Absicht in die Tat umsetzte und ihren Bruder aufs Neue besuchte, verschlug es ihr allerdings die Sprache. Die schöne neue Robe lag zerschnitten auf dem Boden und vor ihr stand ein breit lächelnder nackter - oder doch fast nackter - Milarepa. Alle zehn Finger waren einzeln mit Streifen des teuren Stoffes umwickelt, ebenso alle zehn Zehen, außerdem beide Ohren und die Nase. Auch der Penis war kunstvoll mit dem Stoff umwickelt, nur der Hodensack hing - von der Kälte halb an den Körper angezogen - im Wind. "Jetzt kann nix mehr sichtbar abstehen," schmunzelte der Yogi.

Die Reaktion der Schwester ist leider ebenso wenig überliefert, wie die von Milarepas Teenager-Fans.

Von Königen und von Fischdärmen

eine Geschichte aus dem Vajrayana

Dies ist eine Geschichte aus dem Leben eines der 84 Mahasiddhas, von Luipa.

Die Geschichte trug sich, wie die meisten der Geschichten um die **Mahasiddhas** im alten Indien zu, und zwar im 10. Jhd. Im Mittelpunkt der Geschichte steht ein Prinz, der alles hatte, was das Leben im Luxus einem bietet: rassige Pferde, schnelle Wagen, Diener, Frauen und Amüsiermädchen. Er war der Liebling der Familie und als der Vater starb erbte er das Königreich. *(Hier sollten wir vorsichtig sein, es handelt sich nicht um ein großes Land wie das Vereinigte Königreich oder das Königreich Belgien heute. Das Wort **Raja** wird traditionell mit König übersetzt, bedeutet allerdings Herrscher. Das Herrschaftsgebiet eines solchen Rajas war nur selten so groß wie ein heutiges Bundesland, sondern eher wir ein Landkreis.)*

Der Prinz allerdings hatte eher spirituelle Interessen, er war unzufrieden mit dem weltlichen Leben, und so verließ er den Palast und sein Heimatland, zog sich eine Robe an, nahm eine Bettelschale und wanderte als Bettelmönch durchs Land, wie dies damals viele Menschen machten. Er wanderte, er meditierte und bekam in jenen bedeutungsvollen Vollmond-nächten, in denen die spirituellen Sucher oft dem Wahren, Schönen, Guten besonders nah sind, Besuche von **Dakinis**, schönen Weisheitsgöttinnen, die ihm Initiationen gaben.

Er war hübsch, von aristokratischem Äußeren und von erlesenem Benehmen. Die Leute mochten ihn, sie fanden diesen jungen Mönch sympathisch. Man redete über ihn: „Was für ein edler Mönch!" Und so erhielt er nur die beste Nahrung in seine Almosenschale. Die Menschen waren ihm dankbar, wenn er sie dann mit einer Lehrrede in wohlgesetzten Worten erfreute. Und man muss auch sagen: er gefiel sich in der Rolle des Schönlings mindestens genauso gut wie in der des Mönchs. Er hatte zwar Besitz und Macht hinter sich gelassen, aber offensichtlich nicht alle Attitüden, die mit seiner früheren Rolle als Prinz verbunden waren.

Eines Tages kam er in einer größeren Stadt an und suchte dort den Basar auf. An der Ecke war eine Nachtbar, ein Lokal der besonderen Art, davor sah er eine Prostituierte in sehr gewagter Kleidung stehen. Er sah diese Frau, blickte zunächst weg. Alsbald sagte er sich aber: derartiges Verlangen nach liederlichen Frauen ist mir, einem edlen Mönch, fremd, ihr Anblick kann mir nichts anhaben. Und – wie er sich sagte: nur um dies zu bestätigen – schaute er immer einmal wieder zu der reizenden jungen Dame hinüber. Jetzt sah diese dem Mönch in die Augen, schmunzelte, nickte und verschwand im Lokal.

„Ein edler Mönch mit Güte zu allen Wesen wie ich wird selbst von einer Schlampe wie ihr Nahrung akzeptieren", sagte er sich und war sich seines ungeheuren Großmutes bewusst.

Tatsächlich erschien das Freudenmädchen kurz darauf mit einem Topf mit Nahrung und ging auf den Mönch zu. Sie stand jetzt ganz dicht vor ihm, sah ihm tief in die Augen und sagte: „Ich sehe, dass deine *Chakren* mit spiritueller Schönheit angefüllt sind."

Schweigend, aber mit einem leichten Kopfnicken, nahm der sich seiner aristokratischen Würde bewusste Mönch das Lob des zweifelhaften Mädchens an.

Die blickt ihm erneut tief in die Augen und fuhr fort: „Ich sehe außerdem in deinem Herzen die Heimstatt der Verblendung: alberner königlicher **Dünkel** beherrscht dich." Und mit diesen Worten schüttete sie den Inhalt ihres Topfes, eine furchtbar stinkende Brühe, in seine Almosenschale. – Und wieder sah sie ihm tief in die Augen.

„Bist du verrückt? Einen solchen Unrat kann ich nicht essen!" schrie der Mönch und schüttete die stinkende Suppe weg.

Die Prostituierte stemmte nunmehr die Hände in die Hüften und sah ihn kopfschüttelnd an: „Glaubst du wirklich, du kannst jemals **Nirwana** erreichen, wenn du solch ein Aufheben um deine Nahrung machst, du verblendeter Schnösel?" Kaum hatte sie den Satz ausgesprochen, war sie auch schon verschwunden. Nicht so, dass sie weggegangen war, sie war plötzlich einfach nicht mehr da, wie vom Erdboden verschluckt!

Ja, sie war verschwunden, jedenfalls aus seinem Gesichtsfeld, nicht jedoch aus seinen Gedanken. Dort blieb sie für den Rest seines Lebens, allerdings keineswegs wegen ihrer unbestreitbaren körperlichen Vorzüge, sondern wegen der erschütternden Realität ihrer Worte.

Und je mehr er reflektierte, desto sicherer war er sich: das war offensichtlich keine gewöhnliche Frau, sondern eine **Dakini**, ein Himmelswesen. Allerdings keineswegs eine von der lieblichen Sorte, die sich nachts mit den **Yogis** auf **Leichenplätzen** treffen und sie inspirieren, sondern eine, die ihn auf ihre unendlich scharfe Weise belehrt hatte und so Realität in sein Fühlen und Denken brachte. Sie konfrontierte ihn direkt mit seinem Verborgenen, mit dem ihm bis dahin Unbewussten. Sie hatte ihm aufgezeigt, dass alles, was er tat, nur Fassade war, dass hinter dieser Fassade eines Bettelmönchs nach wie vor ein borniertes Herz stand und ein in dualistischem Denken gefangenes Hirn. Sie hatte ihn mit seinem eigenen **Dünkel** konfrontiert, hatte ihm seine Schattenseite aufgezeigt und sein Verhaftetsein in **Kaste**ndenken. Unter seiner schönen Mönchsfassade war er immer noch ein dummer königlicher Weltling.

Natürlich würde er sich ändern müssen, radikal ändern müssen. Traurig und erschüttert ging er hinunter zum Ganges und setzte sich an dessen Ufer zur Meditation nieder. Dort saß er und meditierte, während um ihn herum die Fischer ihrer Arbeit nachgingen. Die Fischer holten ihre Netze ein und reparierten sie, sie schlossen die Leinen auf und schlachteten die Fische: mit einem schnellen Schnitt wurden die Köpfe halb abgetrennt und dann der Bauch aufgeschlitzt. Mit einer geschickten Bewegung holten die Fischer Därme und Innereien aus dem Körper des Fisches und warfen dies weg. Hunde und Möwen schnappten sich die Fischdärme und die Innereien und verschlangen sie.

Dies alles nahm der junge Mönch am Rande seiner Meditation, in seinem peripheren Gewahrsein war. Aber nicht nur die Geräusche von dem, was sich da abspielte, vom Schlachten und Ausnehmen der Fische, drangen in sein Empfinden ein, sondern auch olfaktorische Reize: der ekelhafte Geruch dieser Innereien. Und plötzlich erschloss es sich seinem Bewusstsein: das stinkt ganz genauso, wie die Brühe der Dakini. Da fiel es ihm wie Schuppen von den Augen: das war es, was sie ihm damit aufgezeigt hatte. Er wusste nun, was zu tun war, wie er sich von seiner Borniertheit und seinem **Dünkel** lösen könnte. Natürlich, die Dakini mit der knappen Kleidung hatte ihm den Pfad zur Erleuchtung aufgezeigt! Noch an dieser Stelle, mitten zwischen den Fischern sitzend, gelobte er, den Rest seines Lebens von ebendiesen Fischabfällen zu leben und von sonst nichts.

So ging er in die Geschichte ein als **Luipa**, „der Fischdarmesser". Er praktizierte auf diese Art zwölf Jahre lang, während der er keine andere Nahrung als Fischabfälle zu sich nahm und erreichte dann die Erleuchtung. Er lebte fortan in völliger Klarheit. Er sah, dass Leerheit nichts anderes ist als Form und

Form nichts anderes als Leerheit. Er erkannte, dass da kein Unterschied ist zwischen Selbst und Nichtselbst, er hatte Dualität transzendiert und das Reich der Nondualität betreten. Und er lebte fröhlich immer in der Nähe des Ganges, um sich – wie die herrenlosen Hunde und die Möwen – von Fischdärmen zu ernähren. Es machte ihm inzwischen nichts mehr aus. Das war eben seine Nahrung. Und Nahrung war dazu da, den Körper am Leben zu erhalten, nicht für sinnlichen Genuss. Luipa war reduziert auf seine einfachsten Grundbedürfnisse. Er praktizierte Stille, Schlichtheit und Genügsamkeit und läuterte so seinen Körper. Luipa hatte eine radikale Selbstlosigkeit und Ichlosigkeit verwirklicht. Eine Ichlosigkeit, die von großem Selbstbewusstsein getragen war, wie die jetzt folgende Episode von Luipa und König Indrapala zeigt.

Früh am Morgen machte sich Luipa auf die Wanderschaft am Ganges entlang, diesmal in eine Gegend, in der er noch nie war und in der ihn auch niemand kannte. Er kam im Laufe des Vormittags in eine große Stadt, die Hauptstadt eines kleinen Königreiches. Solche Königreiche waren damals in Indien sehr häufig. Es handelte sich dabei im Prinzip um Stadtstaaten, zu denen auch das Umland gehörte, vielleicht ähnlich wie heute kleinere Landkreise. Die Stadt war schön sauber und überall geschmückt. Fahnen flatterten im Wind und Girlanden hingen an den Häusern, denn König Indrapala erwartete einen Staatsbesuch.

Luipa ging durch die festlich geschmückte Stadt und gelangte zur Residenz. Hinter dem Palast war ein großer Park, der, wie damals üblich, für die Allgemeinheit offen stand. Inmitten des Parks war der königliche Thron aufgebaut, denn hier wollte Indrapala, der Herrscher dieses Ländchens, den Staatsgast empfangen.

Jetzt jedoch kam Luipa des Weges. Etwas müde von seiner Wanderung suchte er nach einem Plätzchen, um auszuruhen.

Eine Siesta in der Mittagszeit ist für einen Mönch gut, um auf diese Weise ausgeruhter und stabiler für seine abendlichen Meditationen zu sein. „Ah, ja, dieser Platz scheint mir angemessen", sagte sich Luipa und ließ sich auf dem Thron nieder. Er machte es sich richtig bequem, er fläzte sich in das bequeme Möbelstück und sang einige seiner Lieblingslieder. In all den Jahren, da er die asketische Fischdarmnahrung zu sich genommen hatte, hatte sich nicht nur sein Geist, sondern auch sein Körper verändert. Das aristokratische Äußere war verschwunden, seine Kleidung alt und abgetragen und er und seine Kleidung hatten allmählich auch den Geruch seiner Nahrung angenommen. Man kann es so deutlich sagen: er war keiner, der in das ästhetische Ensemble für den Staatsbesuch und auf den Thron passte.

So saß er da, schaute mit seinen großen Glubschaugen in den sommerlich-schönen Park; er ein Yogi mit ziemlich verfilztem Haar und zerrissener, ungewaschener Kleidung und einer Jacke, in deren Taschen er gefundene Fischdärme aufbewahrte, weil er sich gern zwischendurch einen kleinen Imbiss gönnte. Seine Haut hatte ob der ungewöhnlichen Nahrung inzwischen eine leicht grünliche Farbe angenommen – und natürlich roch er ziemlich intensiv nach den in der Hitze des sommerlichen Indiens verdorbenen Fischinnereien. All das focht ihn aber nicht an, Luipa war rundum fröhlich dort auf dem Thron. Er muss ausgesehen haben wie ein Dämon, eines jener hässlichen Wesen, an die die Menschen im alten Indien glaubten.

Das eben beschriebene Bild bot sich demjenigen, der den Park betrat. Und derjenige der den Park gerade in diesem Augenblick betrat, war der Hindupriester, der bestellt war, den Thron einzusegnen, auf dass der Staatsbesuch erfolgreich verlaufen möge. Und welches Bild bietet sich seinen entsetzten Augen: ein abscheuliches Individuum, ein Vagabund, hat den Thron okkupiert: „Mach dich sofort da runter, du Dreckschwein!"

„NEIN", tönt ein selbstbewusster Luipa, „ich bin schließlich der Herrscher." Es machte ihm irgendwie Spaß, die widersprüchlichen Erinnerungen an seine königliche Würde vor langer Zeit, dieses für den Staatsbesuch gerüstete Umfeld und sein absolut unattraktives Äußeres zu einer kleinen Show verschmelzen zu lassen.

Der Priester ist entsetzt: „Um aller Götter willen, mach dich dort weg! Wenn das der König erfährt! Ich muss den Thron wieder völlig neu weihen! Hau endlich ab! (Oh, großer Brahma, wie stinkt der!)"

Jetzt läuft Luipa zu voller Form auf: „Nein! **I-C-H** bin der Herrscher der Welt!!!"

Inzwischen hatten sich einige Schaulustige eingefunden, die einen baldigen Showdown erwarteten. Der hilflose Priester rannte nunmehr zum Palast: „Zu Hilfe, da ist einer auf dem Thron, ein stinkendes Individuum, ein Vagabund, ein Landstreicher, ein Monster, bestimmt noch dazu ein **Kaste**nloser!"

Natürlich gesellte sich daraufhin noch mehr Gesinde in den Park, um neugierig dem Fortgang der Dinge zu harren. Am meisten jedoch amüsierte sich Luipa auf seinem Thron, der abwechselnd der umstehenden Menge huldvoll zuwinkt und zwischendurch immer mal wieder einen kleinen Snack aus Fischdärmen einwirft, die er aus der durchweichten Tasche seiner stinkenden Jacke nimmt. Die Menge johlt, so etwas hatte es hier noch nie gegeben. Für sie war es ein unerwarteter, spaßiger Clown-Auftritt mitten im königlichen Park.

Inzwischen eilt König Indrapala mit einem Trupp Soldaten an. Er herrscht den Thronbesetzer an: „Mach dich sofort da runter."

„Nein! I C H bin der Herrscher der Welt!!!"

„Soldaten, ergreift ihn und führt in ab."

Luipa sieht die Soldaten mit seinen Glubschaugen an. Oder hypnotisiert er sie etwa? Verzaubert er sie? Auf jeden Fall erstarren die Sicherheitskräfte mitten in der Bewegung und stehen da wie ein Kriegerdenkmal. Amüsiert knabbert Luipa an seinem stinkenden Snack.

Die umstehenden Menschen bemerken jetzt, dass es sich bei diesem Individuum offensichtlich nicht um einen Penner handelt, sondern um einen jener merkwürdigen Heiligen, den Siddhas, die in dieser Zeit vereinzelt in Indien umherzogen, und so bezeugen sie Luipa ihren Respekt. Sie verbeugen sich tief mit zusammengefalteten Händen, einige machen sogar Niederwerfungen. Die Szene mutet doch sehr skurril an: Dort der merkwürdige Thronbesetzer, da die erstarrten Soldaten, die Menge die einem fischdarmfressenden, dämonenartigen Wesen huldigt und der König, der plötzlich nur noch Statist in einem bizarren Schauspiel ist.

Jetzt wendet sich Luipa an Indrapala: „Sag mal, wer bist denn du eigentlich?"

„Ich bin der König!"

Luipa schüttelt sich vor Lachen: „Nein, nicht doch: ICH BIN DER KÖNIG!"

„Aber nein, ich, Indrapala bin doch der König dieses Landes."

„NEIN, ICH BIN DER EINZIG WAHRE KÖNIG!"

„Aber nein, ich bin doch der König. Geh da weg, bitte, das ist doch mein Thron."

„NEIN-NEIN-NEIN, ICH BIN DER KÖNIG!"

Indrapala stutzt. Sein Wort gilt plötzlich nichts, und er hat niemanden, der ihm beistehen kann, da seine Truppen in ein Kriegerdenkmal verwandelt zu sein scheinen. So besinnt er sich auf eine andere Strategie: „Gut," sagte König Indrapala, "dann beweise es."

Da beginnt Luipa eines seiner Lieder zu singen. Ob es am Text liegt oder an der Melodie, weiß ich nicht. Vielleicht handelte es sich einfach um eine Massenhypnose oder eine Massenpsychose. Die Menschen kleben förmlich an den Lippen des obskuren Barden. Die Soldaten lösen sich aus ihrer Erstarrung, setzen sich hernieder und lauschen mit leuchtenden Augen dem Gesang. Luipa appellierte an die Herzen der Menschen und ihre Herzen öffneten sich. Nach dem er geendet hat und der rauschende Applaus sich gelegt hatte, baten die Menschen Luipa um eine Lehrrede. Der König unterstützte diese Bitte nachdrücklich.

Anders Luipa: „Nö, ich sag gar nix. Jedenfalls nicht bevor du da" – er zeigte auf König Indrapala – „nicht deinen Titel ablegst und deinen Besitz weggibst." Sprach's, hüpfte vom Thron und verabschiedete sich mit den Worten: „Also du findest mich dann auf dem Leichenfeld, Indrapala."

Kaum war diese befremdliche Gestalt gegangen, legte sich die eigentümliche Stimmung. Die Soldaten gingen verlegen zur Kaserne zurück. Die anderen Leute gingen verwundert oder betreten, je nach Veranlagung, von dannen. Nur einer war wirklich zutiefst erschüttert: König Indrapala. Der Fischdarmesser hatte ihn direkt angesprochen. Er war in sein Herz und seinen Geist eingedrungen. Indrapala war nicht mehr derselbe wie vor dieser Begegnung.

Der Staatsbesuch wurde an diesem Tag nicht von König Indrapala empfangen. Niemand wurde jemals wieder von König Indrapala empfangen. Es gab keinen König Indrapala mehr. Noch am selben Tag trat der König von allen seinen Ämtern zurück und verzichtete auf seinen Besitz. Er kümmerte sich auch nicht mehr um Thronfolge und Eigentumsübergabe. Seine letzte

Anweisung war: „Bringt mir eine einfache Robe!" Dann schlüpfte er aus seinen Prachtgewändern, legte die Robe an und ging zum Leichenfeld.

Mit den Worten: „Ich bin da, mein Lehrer" begrüßte er Luipa. Und gnadenvoll initiierte dieser den Ex-König in eine **Sadhana**, eine Visualisierungspraxis.

Nach der Initiation jedoch sagt Luipa etwas, womit Indrapala nun wirklich nicht gerechnet hatte: „So jetzt hast du eine tantrische **Einweihung** bekommen, jetzt musst du zahlen!"

Der Ex-König ist konsterniert: „Aber Luipa, ich habe – wie du verlangt hast – meinen ganzen Besitz abgegeben. Ich habe nichts, womit ich zahlen könnte!"

Doch der Mahasiddha besteht darauf: „Egal. Du hast eine tantrische Einweihung bekommen, also musst du zahlen. So sind die Spielregeln. Also, was gibst du mir, was ist es dir wert?"

Indrapala kommen die Tränen: „Es ist mir sehr viel wert, unendlich viel! Aber ich habe nichts! – Halt, doch. Ich habe mich selbst noch. Du kannst mich haben, ich gebe mich dir hin."

Luipa nickt, das war es, was er erwartet hatte: „In Ordnung. Das ist angemessen. Ich bin jetzt dein Besitzer, du bist mein Sklave."

So gingen sie von dannen, Meister Luipa und sein Sklave. Damit endet die Geschichte von Luipa, aber die Geschichte des Sklaven beginnt. Dieser wird in Kürze in einem Bordell landen und dort auf denkwürdige Weise wirken, aber das ist schon wieder eine andere Geschichte.

Sklave der Tempelhure

eine Geschichte aus dem Vajrayana

Vorgeschichte: Der ehemalige König Indrapala hatte sein Rajawürde abgelegt, hatte abgedankt, vom Mahasiddha Luipa eine Initiation erhalten und sich im Gegenzug verpflichtet, der Sklave seines Meisters zu sein.

So gingen der fischdarmverschlingende Yogi Luipa und der ehemalige König und jetzige Sklave nach Osten, bis sie an eine große Stadt kamen, die für ihren prächtigen Hindutempel bekannt war.

Der Tempel war nur teilweise ein frommer Ort, denn zu dieser Zeit blühte in Indien die Tempelprostitution. Eine der Einnahmequellen zur Unterhaltung des Tempels waren Tänze. Leicht bekleidete Mädchen tanzten vor Männern, die den Schönen Geld unter die nicht allzu üppige Kleidung schieben durften. Diese Erträge gingen an die Tempelverwaltung, die davon den Unterhalt des Tempels finanzierte.

Wenn die Kunden durch die Tänze der Schönen erregt waren, pflegte Darima, die die Rolle der Puffmutter wahrnahm, die Mädchen an zahlungswillige und -kräftige Kunden zu verleihen. In diese Szene kommen jetzt Luipa und Indrapala. Luipa ist begeistert, dieser Ort gefällt ihm. Er, der Besitzlose, macht sich gern über die Geldgier (und andere Gier) der weltlichen Menschen lustig, indem er sie persifliert. So war es auch als er Indrapala eine Einweihung gegeben hatte: er verlangte eine angemessene Bezahlung. Der Ex-König hatte jedoch allen weltlichen Besitz weggegeben. Daher hatte er sich selbst als Sklaven angeboten. Luipa hatte dies als Bezahlung akzeptiert. Nunmehr sieht er in diesem Hindutempel, der sich über Prostitution finanziert, einen neuen Platz, um Geld einmal mehr dazu zu benutzen, die Leute vorzuführen. Hier riecht es doch förmlich nach Geld! Luipa ist in seinem Element.

Wollt ihr meinen Sklaven kaufen?" wendet er sich an Darima.

„Ja, klar, wenn er mir gefällt."

Luipa führt den Ex-König vor. Dieser ist von aristokratischer Gestalt, von königlicher Statur, er hat ein angenehmes Äußeres und er ist sehr kräftig. So findet Darima Gefallen an dem Sklaven. Luipa und Darima feilschen wie auf einem orientalischen Basar um den Preis. Die Verhandlungen sind zäh, denn beide sind gute Geschäftsleute. Schließlich einigen sie sich auf einen Preis von 60 Goldstücken.

„Tschüss", sagt Luipa, als er geht, „ich werde den Dharma jetzt woanders verbreiten."

König Indrapala gibt es nicht mehr. Auch nicht den Sklaven gleichen Namens. Der frühere Indrapala heißt jetzt *Darikapa*, das ist der Name, den Darima, seine Besitzerin, ihm gab. Nichts erinnert mehr an den früheren König. Nicht einmal sein Name. Darikapa beschwerte sich nicht, dass er verkauft wurde. Sklaven werden nun einmal verkauft. Das hatte er akzeptiert, als er König war, und das akzeptierte er auch nunmehr, da er Sklave ist. Wer reich ist besitzt Land, besitzt Tiere, besitzt Sklaven, die natürlichste Sache der Welt.

Darikapas Aufgabe ist es jetzt, die Zimmer der Prostituierten zu putzen und die Handtücher und Bettwäsche zu waschen. Das ist seine Aufgabe. Jeden Tag. Aber nachts ist er in der Abgeschiedenheit seines kleinen Zimmers und praktiziert dort seine Sadhana, die Meditationspraxis, in die ihn Luipa eingeweiht hatte. Während sich in den anderen Räumen die Freier mit den Mädchen vergnügen, meditiert er; er rezitiert Mantren, er visualisiert Buddhas.

Seine Pflichten erfüllt er freundlich und gewissenhaft, wie sich das für einen guten Sklaven gehört. Alle Mädchen vertrauen ihm und lieben ihn. So wird er zur rechten Hand der Bordellbesitzerin Darima. Man vertraut ihm weitere Tätigkeiten an, z. B. die Beratung der Kunden mit besonderen Wünschen. Er ist gewissermaßen jetzt der Chefsklave im Freudenhaus.

Einmal kam der König zum Tempel, um die Sinnesfreuden zu genießen. Darikapa hörte sich die speziellen Wünsche des Potentaten an und half ihm dann, das dafür geeignetste Mädchen zu finden. Dann zog er sich in sein Kämmerlein zurück, um sich der buddhistischen Praxis zu widmen.

In der Nacht jedoch bekam der König Bauchschmerzen, er sucht den Diener. Bei seiner Suche kommt er an die Tür Darikapas, die einen Spalt weit offen steht. Ein großes Strahlen dringt aus dieser kleinen Kammer und der König lugt hinein. Dort sieht er - höchst merkwürdig - den einfachen Sklaven auf einem Thron sitzen. Darikapa strahlt unwahrscheinlich helles und farbiges Licht aus und ist umgeben von den schönsten Göttinnen, die man sich überhaupt nur vorstellen kann. Verglichen mit ihnen wirkt jedes der Freudenmädchen im Hause wie ein *Aschenputtel*. Es ertönen Mantren und Gesänge, die den Buddha verehren.

Verstört begibt sich der König zu Darima, die von den Vorgängen auch nichts weiß. Als sie von den merkwürdigen Vorgängen hört, fragt sie sich, ob einer von beiden, der König oder ihr Sklave, vielleicht von Dämonen besessen ist. Beide gehen nunmehr zur Kammer des Sklaven, um nach dem Rechten zu sehen. Darima ist höchst erstaunt, denn sie erkennt jetzt, dass Darikapa keineswegs ein einfacher Sklave ist, sondern ein Heiliger. Sie ist beschämt und gesteht ihm gegenüber ihren Fehler ein. Dann bitten der König und Darima um eine Belehrung. Am nächsten Tag gibt es statt Tempeltänze eine Lehrrede Darikapas im Bordell.

Die Bordellbesitzerin Darima, der König und die Freudenmädchen bekennen sich anschließend zu Buddha, Dharma und Sangha. Sie verlassen den Tempel und gründen eine neue spirituelle Gemeinschaft.

In dieser Geschichte lernten wir gleich zwei der 84 Mahasiddhas kennen: Luipa und Darikapa. Letzterer wird in der buddhistischen Ikonografie gerne als am Himmel fliegend dargestellt, in seinem Gefolge schweben die ehemaligen Prostituierten und jetzigen **Dakinis***.*

Auch diese Geschichte zeigt das Durchbrechen der Konditionierung. Es macht uns klar, das gute Bedingungen zwar wichtig sind, aber man kam letztendlich überall praktizieren, selbst als Sklave im Bordell. Darikapa beklagte sich nicht, sondern er nützte den Freiraum, den er hatte. Und er hatte Erfolg. Er erreicht die Heiligkeit nicht als König, sondern als Sklave. Und er gründet eine spirituelle Gemeinschaft nicht mit der Würde seines königlichen Amtes, sondern als einfacher Hausklave im Bordell. Noch dazu in einem hinduistischen Tempel! Wie schlecht auch immer deine Bedingungen sind - benutze das nicht als Ausrede. Jeder hat einen gewissen Spielraum, einen gewissen Freiraum, in dem er praktizieren kann. Vielleicht ist dein Freiraum sogar größer, als der eines Sklaven; vielleicht ist dein Umfeld für eine spirituelle Praxis sogar besser als ein Bordell.

Carpe diem – nutze deine Chance, jeden Tag!

Meditation für Lügner
eine Geschichte aus dem Vajrayana

Einst lebte in Indien ein Mann namens Taganapa, das heißt: „der, der immer lügt". Die Leute hatten ihm diesen Namen zu Recht gegeben, denn wann immer Taganapa den Mund aufmachte, log er. Er konnte einfach nicht anders. Anfangs hatte er es nur mit der Wahrheit nicht ganz so genau genommen, wie wir uns das vielleicht auch manchmal sagen, neigte zu Übertreibungen und Beschönigungen. Aber allmählich wurde es ihm immer mehr zum inneren Anliegen, die Menschen hinters Licht zu führen. Es war ein eingefahrenes Verhaltensmuster geworden, eine schlechte Gewohnheit.

Und hatte er anfangs bei seinen Beschönigungen und Übertreibungen noch die Bewunderung seiner Mitmenschen erheischen können, so glaubte ihm inzwischen schon längst niemand mehr, den er kannte. Das machte den Taganapa traurig und so saß er nunmehr am Straßenrand und überlegte, wie er dennoch jemanden täuschen könnte, eigentlich konnte er nur noch bei Auswärtigen Erfolg haben. Und wie er gerade so nachsann, kam ein weiser Mönch vorbei, einer jener wandernden *Siddhas*:

„He du! Ja, du da am Straßenrand, was machst du, worüber sinnst du nach?"

„Ach, ehrwürdiger Mönch, fragt mich nicht. Es ist besser wenn ihr mich nicht fragt."

Nun sind diese Siddhas dafür bekannt, dass sie sehr schnell alles durchschauen. Und auch diesem wandernden Mönch war sofort klar, was mit Taganapa los war, als dieser sich weigerte zu antworten.

Er sah ihn durchdringend an und dann sagte er: „Weißt du, du bist ein Lügner, ein gemeiner und dummer Lügner. Gemein deswegen, weil du versuchst andere durch deine Lügen hinters Licht zu führen, so verursachst du völlig unnötig Leiden. Und obendrein bist du unwahrscheinlich dumm, weil du dir dadurch selber Leiden zufügst. Dir glaubt doch schon lange keiner mehr! Du hast dich zunehmend unbeliebt gemacht, durch deine alberne Gewohnheit zu lügen. Lüge einfach nicht mehr, durchbrich dein dummes und gemeines Verhaltensmuster. Höre auf in einer Welt voller Lüge und Falschheit zu leben. Du schadest doch völlig unnötig dir selbst ebenso wie den anderen. Außerdem stinkt der Atem des Lügners und das macht dich noch unbeliebter.“ Offensichtlich war die Art des Mitgefühls, die der Mönch mit Taganapa hatte nicht von der süßlichen Art, wie es die Übersetzung „Liebende Güte“ für *metta* (Pali) nahelegt.

Taganapa war über diese Antwort entsetzt. Der Mönch ignorierte ihn nicht, und er konnte von ihm auch nicht getäuscht werden. Er blickte vielmehr voll durch und malte die Konsequenzen von Taganapas Fehlverhalten aufs Deutlichste aus. Er war durchschaut worden!

„Ehrwürdiger, ja, es stimmt. Aber ich kann nicht anders. Ich kann leider nicht die Wahrheit sagen, das ist so meine Art. Es ist nicht mehr nur eine Gewohnheit, es ist inzwischen ein entsetzlicher Zwang. Könnt Ihr mir helfen?“

„Naja, vielleicht schon. Sag mal, kannst du vielleicht eine *Sadhana*, eine Meditation, durchführen?“

Taganapa dachte einen Moment nach, dann erwiderte er: „Ich glaube schon. Ich kann es jedenfalls einmal versuchen. Allerdings fürchte ich, dass es nur geht, wenn ich dafür nicht aufhören muss zu lügen."

„Kein Problem, es gibt auch Meditationsmethoden für Lügner."

„Ja? Wie toll ist das denn! Bitte lehrt mich diese, Ehrwürdiger."

„Nun es gibt da die Methode, die da heißt: Ins Ohr gekommenes Wasser entfernen – und zwar mit Wasser. So wirst du den Geschmack des Dharma, der Lehre der Buddhas gewahr werden."

„Versteh´ ich nicht!"

„Weißt du, das geht so. betrachte alles als eine Lüge. Meditiere über die ganze Welt als eine Lüge. Alle Elemente sind trügerisch. Nichts ist so, wie es aussieht. Alles was du siehst, ist in Wirklichkeit nicht so, wie du es siehst. Ein Tisch ist nicht ein Tisch. Eine junge verführerische Frau ist keine junge Frau, sie ist eine stinkende alte Greisin, die sich tarnt, sie ist in Wirklichkeit schon tot und modert vor sich hin. Alles was du hörst, ist ebenso wenig wirklich, denn deine Ohren belügen dich! Vertraue keine deiner Sinneswahrnehmungen, das sind alles Lügen. Denke über alles als eine Lüge nach. Auch du selbst bist nur eine Lüge, dich gibt es nämlich gar nicht!"

Und der Lügner nahm tatsächlich diese Meditationsübung auf, und zwar nicht nur so oberflächlich, wie du vielleicht meditierst, wenn du dir einredest, du meditierst. Taganapa meditierte vielmehr sieben Jahre lang täglich intensiv über die Welt als eine einzige Lüge.

Gemeinhin sehen wir das, was wir sehen für real an, für substanziell. Wir sehen das Buch in unserer Hand und glauben, es würde existieren. Aber es gibt gar kein Buch. Da ist nur etwas

Papier, Druckerschwärze, genau genommen ist das, was du in der Hand hältst, ein Baum, ein toter Baum, die Leiche eines großen Lebewesens, dessen Reste, die du gerade anfasst, in Kürze verbrannt wird. Aber kein Buch. Das existiert nur in deinem Kopf. Auch die Kleidung, die du trägst, ist keine Kleidung. Das sind Pflanzenfasern, Fasern alter toter Pflanzen vermischt mit Plastik aus stinkendem Erdöl. Und auch deine Hand, die du gerade zu sehen glaubst, ist keine Hand. Welche Hand denn? Du hast gar keine Hand. Das bildest du dir nur ein. Da ist etwas Haut, Knochen, vielleicht ein Ring, Fingernägel und Dreck unter den Nägeln. Du kannst das nicht einmal richtig erkennen, weil es dich nicht gibt. Du hast auch keinen Geist. Wo sollte der denn sitzen? Vielleicht wie der Dreck unter den Fingernägeln? Im Herzen??? Und bei der Herztransplantation wird der Geist mitverpflanzt? Im Hirn??? Komme mir nicht so, da sind kleine graue Zellen, da sind Blutgefäße und Synapsen. Aber kein Geist. Kein Ich. Alles leer! Wie sollte der auch aussehen: rund oder eckig? Blau oder gelb? Nein das ist Quatsch, den gibt es nicht. Also kein Buch, keine Kleidung, keine Hand und du bist auch nicht da. Es ist noch schlimmer: auch die Geschichte, die du gerade zu lesen glaubst, die gibt es nicht. Weil hier niemand ist, der diese Geschichte schreibt. Diese Geschichte existiert nicht außerhalb von dir. Die Geschichte ist die Geschichte einer dunklen Erinnerung, einer Traumvision.

Du hast sie in der Vergangenheit gelesen. Es gibt nämlich nur die Vergangenheit. Der Satz, den du eben liest, ist jetzt schon Vergangenheit. Es gibt die Lüge der Illusion und die Lüge der Realität. Beide sind die gleiche Lüge.

So meditierte Taganapa über die Lüge sieben Jahre lang. Er erkennt, dass alles eine Lüge ist, dass alle Phänomene nur Illusionen sind, auch er selbst. So wurde Taganapa allmählich ruhiger, sein (nicht vorhandener) ruheloser Geist beruhigte sich allmählich. Es ist die Ruhe, die entsteht, wenn uns Gier und Wut verlassen. Darüber war er unwahrscheinlich glücklich, ja er glaubte sogar, er sei erleuchtet. Er suchte den Mönch auf und erzählte ihm von dem, was er in der Meditation erfahren hatte.

„Nein, Taganapa, du irrst dich, du sitzt schon wieder einer Lüge auf; du bist keineswegs erleuchtet, du hast bislang lediglich die Leerheit alles Bestehenden erkannt. Dies ist ein wichtiger Schritt. Der Weg aber geht weiter. Die Elemente der Erfahrung sind weder da noch nicht da. Die Realität ist nicht erschaffen und ohne Ziel. Deine Aufgabe, nachdem du die Leerheit erkannt hast, ist die Leerheit der Leerheit zu erkennen."

Auf diese Weise meditierte Taganapa weiter, bis er auch die Leerheit der Leerheit realisiert hatte. Nun konnte er selbst lehren und wurde zu einem buddhistischen Lehrer. Mehr als das: er wurde einer der 84 Mahasiddhas. Und als solcher lehrte er die Methode die da heißt: Ins Ohr gekommenes Wasser entfernen – und zwar mit Wasser.

Die Lügenmeditation selbst hat keinen Wert an sich, sie ist nur instrumentell. Es geht dabei einzig darum, unser konzeptionelles Denken zu überwinden. Dies jedoch könnte zu Nihilismus führen, deshalb darf man dabei nicht stehen bleiben. Das ist der Grund der zweiten Stufe der Leerheitsmeditation, die allerdings erst dann Sinn macht, wenn man die Leerheit alles abhängig Entstandenen erkannt hat. Die Leerheit wirklich zu erkennen geht weiter. Letztendlich ist die Leerheit die Leerheit von Leerheit.

So zeigt uns diese Geschichte zweierlei. Erstens: man kann keine letztlich gültige Aussage über irgendetwas machen, wir müssen die Realität daher als solche, in ihrer *Soheit* annehmen, als gleichzeitiges Entstehen von Erscheinung und Leerheit: Form ist bloß Leerheit, Leerheit bloß Form. Und die zweite Aussage der Geschichte ist vielleicht noch wichtiger, auf jeden Fall aber einfacher verständlich: Jeder kann die buddhistische Lehre praktizieren, keine Ausrede gilt.

Kein Vorwand hilft. Noch nicht einmal der, ein notorischer Lügner zu sein. Wenn wir nicht praktizieren wollen, so sind wir selbst dafür verantwortlich. Es gibt keine Sachzwänge, die uns derzeit daran hindern zu meditieren. Das ist die Lehre der Siddhas: keine Ausrede zieht.

Setz dich hin und fang an. Also los, leg das Buch weg!

Der Fettwanst

eine Geschichte aus dem Vajrayana

(Originaltitel: Namsayogi)

Er war aus gutem Haus. Aber er hatte eine Leidenschaft: essen. Schon als Junge verließ er das Haus nur, wenn er musste. Ansonsten saß er auf dem Sessel und aß, was immer er bekommen konnte. Natürlich wurde er auf diese Art zunächst dick, dann fett und schließlich scheußlich fett.

Im Alter von 16 Jahren, wenn die Jugendlichen normalerweise besonders hübsch sind und beginnen sich fürs andere Geschlecht zu interessieren, hatte der Fettwanst nur ein Interesse: er lag auf seinem Bett und fraß. Er aß so viel, dass man wirklich nur sagen konnte, dass er fraß. Schon lange war es ihm zu mühsam, sich auf den Sessel zu quälen und so blieb er einfach in seinem Bette liegen und fraß und fraß und fraß.

Als er Anfang 20 war, war er so fett, dass er sich nicht mehr bewegen konnte. Er konnte nur noch die Hände zum Munde führen, um sich Nahrung hineinzustopfen. Seine Eltern waren ratlos. „Anstatt einen Sohn zu haben, haben wir ein Mast-schwein in die Welt gesetzt", sagten sie. „Er ist absolut nutzlos. Andere Kinder versorgen ihre Eltern, wenn diese zu alt sind, um ihren Lebensunterhalt selbst zu verdienen. Dieser Fettwanst aber kann nicht für uns sorgen, er ist absolut nutzlos."

Die Eltern hatten die Nase voll davon, sich immer um diesen nutzlosen Fettwanst kümmern zu müssen. Sie sagten: „Der frisst uns ja Haus und Hof weg. Es hilft alles nichts. Früher oder später wird er sterben, wenn sich niemand mehr um ihn kümmert. Deshalb ist es besser, ihn sterben zu lassen, bevor er uns arm gefressen hat."

Und so beschlossen sie, ihn zum Leichenplatz zu bringen. Auf dem Leichenplatz hinterlegten damals in Indien die armen Leute ihre Toten, denn sie konnten sich das Brennholz für die Feuerbestattung nicht erlauben. Bei Nacht kamen die Schakale und die Geier und erledigten die Bestattung auf ihre Weise. Also ließen die Eltern des Fetten ein Fuhrwerk kommen. Mit vielen Leuten hoben sie den Fettwanst auf das stabile Fuhrwerk, brachten ihn zum Leichenplatz und luden ihn dort ab.

Sie ließen ihn dort einfach liegen. „Mag er doch verhungern oder verdursten, sollen ihn die Löwen, die Schakale oder die Geier fressen. Besser ein Ende mit Schrecken", so sagten sie, „als ein Schrecken ohne Ende."

Wimmernd lag der Fette jetzt auf dem Leichenacker. Er konnte sich nicht bewegen, nicht aufstehen. Und was für ihn noch schlimmer war: er hatte riesengroßen Hunger. Er war gewohnt ständig zu essen und nun hatte er seit Stunden nichts mehr bekommen! So lag er da und wimmerte erbärmlich. Dies hörte ein Yogi. Diese Yogis leben gerne auf Leichenplätzen, sehen sich die Toten an und meditieren über die Vergänglichkeit, „Leichenfeldbetrachtungen" wird diese Art der Meditation genannt. Außerdem trifft man auf Leichenplätzen des nachts häufig Geister oder *Dakinis* (himmlische Jungfrauen) an, die die Yogis zu mancherlei inspirierten.

Dieser Yogi tritt also auf den Fettwanst zu und fragt ihn: „He, du, was liegst du hier auf dem Leichenfeld herum. Du bist zu früh dran. Du musst warten bis du tot bist, vorher hast du hier nix verloren."

„Tot? Das ist sicher bald der Fall. Ich habe schrecklichen Hunger und absolut nichts zu essen."

„Na, du bist gut, halb verhungert siehst du nun wirklich nicht aus. Und wenn du Hunger hast, dann steh doch auf, gehe ins Dorf und erbettle dir etwas, so mache ich das auch."

„Das ist ja mein Problem. Ich bin so fett, dass ich nicht aufstehen kann. Und dabei habe ich wahnsinnigen Hunger. Meine Familie hat mich hierher gebracht, um mich sterben zu lassen, weil ich absolut nutzlos bin. Ich kann mich ja nicht einmal bewegen."

Der Yogi erbarmt sich des Fetten. Er überlegt, wie er ihm helfen kann. „Kannst du vielleicht meditieren?"

„Ich habe es noch nie versucht. Aber wenn ich dazu nicht aufstehen muss, denke ich, wird es gehen. Kannst du mir eine Meditation lehren, während ich liege?"

„Nun gut, ich gebe dir eine Initiation in einer sehr vereinfachten Form, für Anfänger. Also: Stell dir eine himmlische Sphäre vor, visualisiere sie, aber nicht größer als ein Senfkorn, direkt auf deiner Nase. In dieser Sphäre siehst du alle Welten, das ganze Universum."

„Gut, das kann ich versuchen. Aber wozu soll das gut sein?"

„Schau einfach und praktiziere. Du wirst den Nutzen selbst herausfinden. Übe einfach."

Und der Fettwanst übte. Der Yogi brachte ihm hin und wieder etwas Nahrung, und der Fettwanst meditierte. Nach einiger Zeit löste sich im Bewusstsein des Fetten alles in Leerheit auf und er sah alle Welten in jedem Staubkorn.

Auf der nächsten Seite folgt eine Nachbemerkung.

Nachbemerkung

Nach westlichem Verständnis war dem Fetten damit nicht sehr geholfen. Er war weiter fett und konnte sich nicht bewegen. Vielleicht denken wir sogar daran, dass die Geschichte unlogisch sei, denn es geht nur um Nahrung. Was ist mit Wasser? Geht der nie zur Toilette? Der braucht doch bei diesem Leben Thrombosespritzen! Wenn wir so denken, nehmen wir die Geschichte wörtlich. Die Geschichten des Vajrayana sind jedoch nicht wörtlich zu nehmen. Der Sinn erschließt sich uns erst, wenn wir bereit sind, auf die wirkliche Botschaft zu achten, wenn wir fähig sind zwischen den Zeilen zu lesen.

Die Botschaft ist eine andere. Der Yogi war der einzige, der Vertrauen in den Fetten hatte. Nicht Nützlichkeitserwägungen standen für ihn im Vordergrund, sondern dem Fettwanst wirklich zu helfen. Und zwar nicht mit solch vordergründig-materialistischen Dingen wie einer Abmagerungskur. Er erhielt stattdessen spirituelle Hilfe.

Und das Wunderbare: Jede und jeder kann praktizieren, mag man auch so gehandicapt sein wie dieser Fettwanst. Durch Meditation eröffnet sich uns die Illusion der Natur der Dinge. Wir blicken hinter die vordergründige Realität und entdecken so die Schönheit und das Mitgefühl in allen Dingen. Alles ist möglich! Jede und jeder kann die Freiheit teilen. Er oder sie muss nur bereit sein, tatsächlich zu praktizieren.

Meditation für Könige

eine Geschichte aus dem Vajrayana

Einst lebte ein *Raja*, ein indischer Fürst, glücklich in seinem kleinen Fürstentum. Er hatte alles, was man sich wünschte: kostbares Geschmeide, zahlreiche Frauen, viele Dienerinnen und Diener, erlesene Kleidung, jeden erdenklichen Luxus. Alle Menschen im Fürstentum waren ihm untertan und bemühten sich, ihr Leben zur Zufriedenheit des Rajas zu organisieren. Dieser war rundherum zufrieden und glücklich.

Der Raja saß vor seinem Palast und genoss das schöne Wetter, die liebliche Musik seiner Musikantinnen und die Tänze seiner Tänzerinnen, als ein Yogi mit glitzernden Augen und in grober Kleidung den Hof betrat; er hielt eine Bettelschale in der Hand, die aus einer menschlichen Schädeldecke bestand. Da der Raja ein gütiger Mann war, ließ er dem Yogi gute Speisen in seine etwas skurrile Bettelschale legen.

Der *Yogi* hatte eine eigentümliche Art sich zu bedanken. Er sprach den Raja an: „Raja und Fürstentum sind leere Worte. Auch du wirst sterben, wie wir alle. Alles andere ist bedeutungslos, es gibt nur Leben und Sterben. Selbst wenn du der Herrscher der ganzen Welt wärest, am Ende lauert der Tod auf dich. Alles andere ist Illusion und vergänglich. Du solltest gescheiter meditieren."

Der Raja war ziemlich schockiert. Immerhin hatte er den Bettler gerade fürstlich bewirtet. Aber da er ein offenes Herz hatte, warf er den Yogi nicht kurzerhand hinaus, sondern ging auf seine Anregung ein: „Weißt du, ich kann mir schlecht vorstellen, wie ich in Lumpen bekleidet bettelnd durch das Land ziehe. Ich mag gute Dinge. Ich liebe das Leben im Luxus. Und jetzt kommst du und meinst, ich sollte meditieren. Meinst du, auch in meinem Umfeld sei Meditieren möglich?"

Der Yogi neigte den Kopf abwägend erst zur einen, dann zur anderen Seite, dann antwortete er: „Also Raja, es wäre definitiv besser, du würdest so leben wie ich."

„Das kann ich nicht", erwiderte der König, „in Lumpen gekleidet durch die Straßen ziehen, als Haustiere statt Pferde und Elefanten dann Flöhe und Läuse zu haben und Resteessen aus Schädeln zu löffeln, das würde mich krank machen."

„Aber Raja, dein Leben führt in das Leiden, während ich in unermesslichem Glück lebe. Ich, ein armer bettelnder Yogi, fühle mich wie ein großer König, obgleich ich nichts besitze. - Aber ich kenne auch einige spezielle Anweisungen, geheime Lehren, die, wenn ich sie dir offenbare, dich dazu führen, sofort praktizieren zu können, du musst nicht einmal deine Rajawürde ablegen."

„Das ist gut, ehrwürdiger Yogi, ich gelobe, täglich gemäß deinen Anweisungen zu praktizieren," freute sich der Raja, dem schon lange insgeheim davor bange war, dass dieses glückliche Leben so nicht allzeit währen könne.

„Nun, Raja, dann will ich dir den *Diamantweg* lehren. Siehst du den großen Diamanten in deinem Armband. Er ist klar, funkelnd und lupenrein. Er reflektiert alles Licht, das auf ihn fällt. Konzentriere dich auf diesen Diamanten. Erfreue dich daran. Dieses Juwel zeigt dir die Natur deines Geistes, deine Achtsamkeit, dein Herz. Dein wahres Glück ist die reine Natur des Geistes. Dein Geist ist rein wie dieses Kleinod. Meditiere über die Schönheit, die Reinheit, die Herrlichkeit des Geistes. Aber wenn du diesen Geist in dir suchst, wirst du ihn nicht finden, denn der Geist selbst ist leer und substanzlos."

Der Raja war sehr angetan von den Worten des Yogis und insbesondere von dem Meditationsobjekt, das dieser für ihn ausgesucht hatte, denn genau dieser Diamant war sein Lieblingsjuwel. Das war auch der Grund, warum er ihn sich in ein Armband fassen ließ. Freudig zog sich der Raja zurück in seine Schatzkammer, um diese Meditation zu üben.

Nur noch selten kam der Raja in seine Gärten, kaum noch mussten die Musikantinnen für ihn aufspielen, selten bat er die Tänzerinnen zu sich und auch die Schlafgemächer seiner Frauen suchte er nur noch ganz vereinzelt einmal auf. Die meisten Staatsgeschäfte übertrug er seinem Kanzler, um mehr Zeit für die Meditation des Diamantweges zu haben. So ging das sechs Monate lang.

Die Höflinge machten sich inzwischen Sorgen ob des neuen Lebenswandels ihres Herrschers, und als eines Tages die Tür zur Schatzkammer nicht ganz geschlossen war, lugten sie durch diesen Spalt, um zu sehen, was ihr Raja denn tat. Zu ihrer großen Verwunderung erstrahlte ein helles Licht in der fensterlosen Kammer. Auf einem goldenen Stuhl saß ihr *Raja* umgeben von zahlreichen Lichtwesen, wunderschönen Göttinnen, eine perfekter als die andere. Jetzt war ihnen klar, warum der König seine Musikantinnen, Tänzerinnen und Gespielinnen vernachlässigte.

Als der Raja am Abend für einen kleinen Imbiss die Schatzkammer verließ, fragten sie ihn, was das denn alles zu bedeuten habe und ob er denn vorhabe, der Göttinnen wegen auf seine Rajawürde zu verzichten.

Der Raja aber antwortete: „Die Realisierung des Geistes ist das wahre Königtum und das daraus erwachsende Glück ist das wirkliche Königreich. Nimmer will ich von diesem Königtum, nimmer von diesem Königreich lassen."

Nachbemerkung:

Das Wunderbare: Jede und jeder kann praktizieren, es ist keineswegs nötig, erst in großes Leiden zu versinken. Durch Meditation eröffnet sich uns die Illusion der Natur der Dinge. Wir blicken hinter die vordergründige Realität und entdecken so das Wahre, Schöne und Gute in allen Dingen. Wir erfahren Weisheit und sind in der Lage, voller Mitgefühl zu handeln.

Alles ist möglich! Jede und jeder kann dieser Freiheit teilhaftig werden. Er oder sie muss nur bereit sein, tatsächlich zu praktizieren.

Das Mädchen und der Tyrann

eine Geschichte aus dem Vajrayana

(Der übliche Titel dieser Geschichte ist: Die verrückte Prinzessin)

Lakshminkara lebte im 8. Jahrhundert unserer Zeitrechnung in Nordwestindien im Kleinstaat Uddiyana, sie war die Schwester des Prinzen Indrabhuti. Die beiden Kinder erhielten, wie es sich in einem Herrscherhaus gehörte, eine ausgezeichnete Erziehung. Ihr Vater hatte mit *Kambala* einen der größten Meister des tantrischen Buddhismus zur Erziehung seiner beiden Kinder kommen lassen; vermutlich waren es mehr als zwei Kinder, wie das damals üblich war, doch geschichtlich sind nur diese beiden überliefert.

Ihr Lehrer, Kambala, gilt als einer der 84 *Mahasiddhas*, der ganz großen verwirklichten Meister der unorthodoxen buddhistischen Richtung des *Vajrayana*. Die Mahasiddhas des Vajrayana waren alle ziemlich merkwürdige Individuen, keiner glich dem anderen, und sie gehörten keiner mönchischen Tradition an. Nicht das Textstudium stand für sie im Mittelpunkt der Erkenntnis, sondern ihre eigene meditative Erfahrung.

Lakshminkaras Name ist übrigens von der hinduistischen Glücksgöttin Lakshmi abgeleitet und heißt so viel wie „Glückskind", oder „die ihr Glück selbst erreicht", doch danach sah es bald nicht mehr aus. Während des Unterrichts bei

Kambala war sie eifrig, sie praktizierte intensiv, während ihr Bruder das eher oberflächlich anging. Aber wie das in patriarchalischen Gesellschaften so üblich ist, wurde nicht die eifrige Lakshminkara nach dem Tod des Vaters zur Herrscherin, sondern ihr Bruder Indrabhuti. Das hätte das Mädchen noch locker verschmerzen können, denn an weltlichem Ruhm lag ihr nichts.

Doch da sie nur ein weibliches Wesen war, hatte sie kein Selbstbestimmungsrecht, und nach dem Tod des Vaters war nun ihr Bruder Indrabhuti nicht nur der Raja, der Herrscher des Staates, sondern er war auch das Familienoberhaupt. Und diesem oblag die Zukunftsplanung der Familie und aller ihrer Mitglieder. Natürlich sollte Lakshminkara verheiratet werden und selbstverständlich ging es dabei nicht um die Wünsche und Bedürfnisse des Mädchens, sondern um familienpolitische Ziele und um die Staatsraison. Und eben diese Staatsraison gebot es, sich mit dem Nachbarstaat Larikapura gut zu stellen.

Während in Lakshminkaras Heimat Uddiyana die Prinzipien des Buddha und seiner Lehre hoch geachtet wurden, war Larikapura eine Tyrannei. Und eben deswegen hatte Lakshminkaras Bruder Indrabhuti Angst davor, vom Nachbarstaat überfallen zu werden, also war Heiratspolitik besser als Krieg. Intellektuell sah Lakshminkara das ein, aber sie, eine vom Prinzip der Gewalt-losigkeit durch und durch überzeugte junge Frau, sollte mit einem solchen Unmenschen wie dem Tyrannen Jalendra verheiratet werden? Niemals! Sie wollte sich unbedingt mit ihrem Lehrer Kambala beraten.

„Sieh es doch einmal so," sagte dieser, „dein Bruder ist jung und eigensinnig, wenn er sich etwas in den Kopf gesetzt hat will er es unbedingt durchsetzen. Eigentlich muss er es sogar durchsetzen, denn das war seine erste wichtige Entscheidung als König. Wenn er da umknickt, ist seine Autorität dahin. Außerdem wäre damit die Zusage an das barbarisch regierte

Land von König Jalendra gebrochen. Das würde Krieg bedeuten."

Lakshminkara war außer sich: „Aber ich kann doch nicht diesem Tyrannen dienen, sein Betthäschen sein und seine Kinder gebären. Soll sich tatsächlich mein Blut mit dem des Tyrannen mischen?"

„Ich kann verstehen," antwortete der Guru, „dass du aufgebracht bist, und ich wollte beileibe nicht in deiner Haut stecken. Aber es gilt nicht nur einen Krieg zu vermeiden. Wer glaubst du denn, kann jemals ethische Maßstäbe ins Land des Tyrannen bringen, wenn nicht die Frau des Herrschers und die Mutter der künftigen Herrschergeneration."

„Aber ich bin doch nur ein kleines schwaches Mädchen", antwortete die damals noch nicht einmal zehnjährige Lakshminkara. „Was kann ich denn tun?"

„Eben darin liegt unsere einzige Chance," zwinkerte ihr der weise Mann zu, „es wird noch einige Jahre dauern, bis die Hochzeit stattfindet und die Ehe vollzogen wird. Du bist eine ungemein gelehrige Schülerin, praktizierst eifrig. Du kannst die Lehren des Buddha in jenes unmenschliche Land bringen."

So hatte es der *Guru* gesagt, so wurde es getan. Lakshminkara studierte und meditierte so eifrig wie noch keine Schülerin vor ihr, denn wenn ihr Lehrer Recht hatte, dann hing von ihr das Schicksal einer ganzen Nation ab. So gingen die Jahre ins Land und das Mädchen, das inzwischen zu einer Jungfrau herangewachsen war, war zuversichtlich, dass sie es irgendwie schaffen würde, ihren Einfluss im Lande Larikapura geltend zu machen. So kam der Tag, an dem sie ihre Heimat verlassen musste und sie mit einer kleinen Karawane nach Larikapura zog. Ihr Guru hatte ihr gesagt, sie müsse jede Situation mit Achtsamkeit betrachten und spontan handeln, selbst wenn es gegen die Konventionen verstoßen würde. Allein die *pancasila* (die fünf ethischen Regeln des Buddha) sollten ihr Maßstab sein.

Mit unruhiger Spannung sah sie die Mauern der fremden Hauptstadt vor sich: was würde ihr hier wohl begegnen? Nun ja, Respekt konnte sie wenigstens erwarten, als kommende Gemahlin des Staatschefs! Doch als ihr gleich darauf ein einfacher Soldat den Zugang zur Stadt verwehrte, verschlug es ihr die Sprache: „Stopp," sagte der, „ich weiß wer ihr seid, aber ihr könnt heute hier nicht herein, der Hofastrologe hat festgestellt, dass das ein äußerst ungünstiger Tag ist."

„Aber", entgegnete Lakshminkara verwundert, „in einer Herberge werden wir doch wohl unterkommen können. Jalendra wird nicht von seiner künftigen Gemahlin erwarten, dass sie vor den Toren im Schmutz der Straße nächtigt." Der Soldat schüttelte den Kopf: „Ich hab´ meine Befehle", und verriegelte das Tor.

Dann hörte man von weitem Pferdegetrappel, eine bellende Hundemeute und Jagdhörner. Eine Jagdgesellschaft näherte sich im raschen Galopp, sie verfolgten eine trächtige Hirschkuh, allen voran ein verwegen aussehender Kerl mit teuren Kleidern, und als die Hirschkuh gerade mit entsetzten Augen an Lakshminkara vorbeihastete, warf der Kerl ein Beil nach dem trächtigen Tier, dieses schlitzte ihr den Bauch auf, der dadurch geköpfte Hirschfötus fiel heraus und außerdem Gedärm der Hirschkuh, deren Hufe sich in den Därmen verfingen. Sie stürzte, die Hunde sprangen heran, rissen die Därme auseinander, die Hirschkuh schrie einen Laut, wie ihn Lakshminkara noch nie gehört hatte, während sich ihr Jäger ob des entsetzlichen Bildes gerade ausschütteln wollte vor Lachen. *(Bitte keine Entrüstung von denjenigen unter euch, die noch keine Vegetarier sind, das wäre unangemessen.)*

Als Lakshminkara von ihrer Ohnmacht erwachte, stand der brutale Kerl vor ihr. „Schön das mich meine künftige Frau gleich bei meiner Lieblingsbeschäftigung sieht - hier eine Trophäe für dich", doch als er ihr den Kopf des ungeborenen Hirschbabys in den Schoß warf, war Lakshminkara schon wieder ohnmächtig. Als sie wieder zu sich kam, war sie in ihrem neuen Gemach. Ihr künftiger Ehemann ließ ihr ausrichten, dass in einer Woche die Hochzeit sei. Er hatte einen Schneider geschickt, der Maß nahm für das Hochzeitskleid. Außerdem hatte er ihr einige kostbare Preziosen geschickt „um den ersten Schreck besser zu verdauen", wie er ihr ausrichten ließ − und einen goldenen Kamm, weil er ihr langes Haar so über alles schätze.

Als der Schneider gegangen war, wusste sie nur eines: sie würde dieses Hochzeitskleid nie, nie, niemals tragen. Stattdessen ging sie durch die Straßen der Hauptstadt und musste feststellen, dass Armut und Ausbeutung hier in einem fast unvorstellbaren Maße vorhanden waren. In der nächsten Nacht ging sie wieder hinaus verkaufte den Schmuck, den ihr Jalendra hatte zukommen lassen, an einen Händler und verteilte das Geld unter den Armen. In den folgenden Nächten brachte sie auch ihre ganze Aussteuer zum Händler, der ihr zwar keinen guten Preis machte, ihr war das aber egal, Hauptsache etwas Unterstützung für die Bedürftigen, die Alten, Schwachen und Kranken.

Am Tag vor der Hochzeit war ihr prächtiges Hochzeitskleid fertig. Sie hatte es ohne eine Miene zu verziehen anprobiert, es passte wie angegossen. In der folgenden Nacht brachte sie es zu dem Händler, es war ihr letzter Besitz, einmal mehr Hilfe für die, die es brauchten. Es dämmerte schon, als sie wieder in ihr Gemach kam, und es war der Tag, da ihre Hochzeit sein sollte. Sie hatte kein Hochzeitskleid mehr, keinen Schmuck, keine Aussteuer, selbst ihre Bettwäsche hatte sie verkauft. Sie sah sich in dem trostlos leeren Zimmer um. Das Kaminfeuer war heruntergebrannt und erloschen, schmutzige Asche war fast ihr einziger Besitz, auf dem Tisch ein Teller, ein Krug, ein Trinkgefäß, ein Messer. Sonst hatte sie nur noch das, was sie auf dem Leib trug.

„Du musst jede Situation mit Achtsamkeit betrachten und spontan handeln, selbst wenn es gegen die Konventionen verstoßen sollte," hatte ihr Guru gesagt. Nun denn, dachte Lakshminkara, und begann sich auszuziehen. Erwartungsvoll stand die Hochzeitsgesellschaft im Burghof, hoch zu Ross Jalendra, der Tyrann, stolz heute die Prinzessin des Nachbarstaates in sein Schlafgemach führen zu dürfen. „Ist doch was anderes, als immer nur diese billigen Tänzerinnen und Kurtisanen," sagte er sich.

Doch im nächsten Moment verschlug es ihm die Sprache: die Tür des Frauengemaches hatte sich geöffnet und heraus kam Lakshminkara – splitterfasernackt und über und über mit Ruß und Asche beschmiert, nur ein Teller bedeckte ihre Blöße, aber auch der nicht lang. „Na ihr Gaffer, wollt ihr noch mehr sehen", schrie sie die Hochzeitsgesellschaft an – und schleuderte ihnen den Teller entgegen. Lakshminkara wandte sich an den noch immer vor Entsetzen bleichen König, „Du schätzt mein Haar? Kannste haben," sprach`s und schnitt sich das schöne lange Haar mit dem Messer ab, steckte es in den Krug und warf es ihm zu.

„Und an diesem meinem Körper willst du dich ergötzen, was?" schleuderte sie ihm entgegen, „aber ich weiß doch, was dich noch viel mehr ergötzt, nämlich wenn ein weibliches Wesen verstümmelt ist, wie die Hirschkuh." Sie nahm das Messer und schnitt sich in die Wangen und in die Brüste, nicht allzu tief, aber doch so, dass es entstellend wirkte. Nicht nur dass jetzt die Hochzeit abgeblasen war und Lakshminkara sich in ihrem Gemach verbarrikadierte. Nein, das hatte natürlich auch politische Konsequenzen. Ein Gesandter des Tyrannen wurde an den Hof von König Indrabhuti geschickt. Dieser solle sofort ins

Nachbarland reisen, seine Schwester zur Vernunft bringen und sich vor Jalendra verantworten, dafür, dass er ihm eine Wahnsinnige angedreht hatte, die Alternative sei Krieg.

Indrabhuti wusste nicht aus noch ein. Seine Schwester schien ihm keineswegs verrückt. Ja, er konnte sich jetzt durchaus an seinen Unterricht bei diesem Kambala erinnern, hatte der nicht etwas von „spontan handeln, selbst wenn es gegen Konventionen verstößt" gesagt. Seiner Schwester musste es schon sehr schlimm ergehen, wenn sie, die Wohlerzogene, so heftig gegen alle Konventionen verstieß – und er war am Unglück seiner geliebten kleinen Schwester schuld.

Und jetzt? Hunderte vielleicht Tausende Menschen unglücklich machen und in den Krieg ziehen? – Unmöglich! Oder aber seine Schwester zur „Vernunft" bringen und vor Jalendra zu Kreuze kriechen? Da wäre seine Autorität dahin, da könnte er ja gleich zurücktreten! Zurücktreten? Natürlich, dann hätte der Tyrann keinen Grund mehr gegen ihn Krieg zu führen. Erstaunt bemerkte er, wie er plötzlich die Dinge mit Achtsamkeit betrachtete und bereit war, spontan zu handeln. War es der Unterricht bei Kambala, war es das Vorbild seiner Schwester?

Jedenfalls trat Indrabhuti noch selbigen Tages zurück. Er wurde Einsiedler. Es heißt, er habe einige Jahre später die vollkommene Erleuchtung erreicht. Der Krieg war abgewendet, doch Lakshminkara war noch immer in der Burg des Tyrannen. Der hatte sich vorgenommen, „der widerspenstigen Zähmung" zu spielen, doch bislang war es immer die Frau, die ihn durch neue Ungeheuerlichkeiten verblüffte. Lakshminkara aber war bewusst, dass der Tyrann des Spieles bald überdrüssig sein würde und sich mit Gewalt das holen würde, was sie ihm bislang versagt hatte – aber würde er sich damit zufrieden geben?

Schaudernd dachte sie an die Hirschkuh. In der folgenden Nacht gelang ihr die Flucht. Zunächst versteckte sie sich beim Leichenverbrennungsplatz, dann entdeckte sie im Wald eine Höhle. Hier praktizierte sie viele Jahre und entwickelte ihre spirituellen Fähigkeiten immer weiter. Allmählich bekam sie den Ruf einer weisen Frau, allerdings kannte zum Glück niemand ihre wahre Identität. So konnte sie unbehelligt praktizieren und allmählich fanden sich Schülerinnen und Schüler bei ihr ein. Sie unterrichtete jede und jeden, der den Dharma suchte, sie nahm sogar den Latrinenputzer des Königsschlosses als Schüler auf, und das ist der allerunterste Beruf, den man in Indien haben kann, eine Tätigkeit, die von keinem Mitglied irgendeiner *Kaste*, sondern nur von Unberührbaren ausgeführt wird.

König Jalendra jagte noch immer, allerdings nicht mehr mit der früheren Brutalität. (Er versuchte die Tiere jetzt mit einem einzigen Schuss tödlich zu treffen, denn manchmal erschien ihm im Traum eine Hirschkuh mit heraushängenden Därmen, die sich plötzlich in eine aschebeschmutzte Frau mit blutenden Brüsten verwandelte.)

Doch an diesem speziellen Tag gelang es Jalendra nicht, das Wildbret zu erlegen, er hatte sich vielmehr im Walde ziemlich verirrt. Plötzlich hörte er wunderbare Musik und er folgte dem merkwürdigen Klang. Es war schon fast dunkel, da kam er an eine Höhle, aus der diese lieblichen Töne kamen. In der Höhle saß eine Frau, von der ein eigenartiges Licht ausging, sie sang zu einer Musik, die er hören konnte, obwohl da keine Musikanten waren. Und die Frau wurde umsorgt von weiblichen Wesen, die sich bewegten, ohne dass ihre Füße den Boden berührten.

„Das müssen Göttinnen sein", durchfuhr es Jalendra. Er konnte sich an dem wunderschönen Anblick nicht satt sehen und so stand er die ganze Nacht staunend da, erst im Morgengrauen ritt er zurück. Wer war nur diese strahlende Frau, die von Göttinnen bedient wurde, und die ihn an irgendjemanden erinnerte, an wen nur? Ihr wisst es natürlich schon längst, doch bei Jalendra dauerte es bis zum nächsten Nachmittag, bis es ihm wie Schuppen von den Augen fiel: „Lakshminkara, die ihr Glück selbst erreicht", er sprang aufs Pferd und galoppierte so schnell er konnte zurück zur Höhle.

Dort angekommen warf er sich vor ihr zu Boden. „Danke", rief er, „du bist es, die den Widerspenstigen gezähmt hat. Ich kann nicht von dir erwarten, dass du mir vergibst, aber wenn es wahr ist, dass der Buddha gesagt hat, auch der größte Verbrecher könne jederzeit umkehren, dann nimm mich bitte als deinen Schüler an."

„Sieh an, der mächtige König zu meinen Füßen. Du kommst spät, Jalendra, doch du kommst. Du suchst die Lehre, das ist gut. Doch die Lehre, die ich dir erteilen wollte, die habe ich dir bereits erteilt. Wenn du den Dharma suchst, so braucht einer wie du einen männlichen Lehrer."

„Wie du willst," antwortete der inzwischen handzahm gewordene Ex-Tyrann, „schick mich zu einem passenden Lehrer, wo er auch immer sei."

„Den sollst du haben, König, „sprach die weise Frau, „du brauchst auch gar nicht weit zu reisen. Es ist dein Latrinenputzer."

Einmal mehr hatte es Jalendra die Sprache verschlagen. Der Ex-Tyrann hatte in dieser Frau seine Bändigerin gefunden. Er aber musste sich mit einem Unberührbaren als Lehrer begnügen. So wurde aus dem Latrinenputzer ein königlicher Lehrer und aus dem Tyrannen ein Buddhist. Lakshminkara aber erreichte keinerlei Status, sie war kein Mönch, sie war keine Nonne, sie war kein Lama, sie war kein Ordensmitglied, nichts dergleichen. Stattdessen war sie Lakshminkara, die, die ihr Glück selbst erreicht hatte, sie hatte nämlich das Höchste, was ein menschliches Wesen erreichen kann, erreicht: **vimukti**, Befreiung.

Sie gilt als eine der 84 **Mahasiddhas**.

Padmasambhava

eine Geschichte aus dem Vajrayana

Wenn der Eisenvogel fliegt
Und die Reitpferde auf Rädern rollen,
dann wird der Mann aus dem Schneeland *(Tibet)*
seine Heimat verlassen müssen wie die Ameisen,
und der Dharma wird die Länder
des rotwangigen Mannes erreichen.

Prophezeiung des Padmasambhava aus dem 8. Jahrhundert auf die Frage hin, wann die Lehre des Buddha im Westen ankommen wird.

***

Wer ist dieser Mann, den die Tibeter als „den zweiten Buddha" verehren?

Um die Mitte des 8. Jahrhunderts unserer Zeitrechnung bat König *Trisong Detsen* von Tibet den großen Weisen *Santaraksita* aus Nalanda nach Tibet zu kommen, um den Dharma zu verbreiten. Nalanda in Nordindien war die größte Klosteruniversität, die es jemals gab. Hier lehrten und studierten bis zu 15.000 Mönche.

Doch Santaraksita hatte wenig Erfolg. Das Kloster, das er erbaute, wurde schon bald zerstört, der Sage nach von

Dämonen. Da resignierte Santaraksita, nicht ohne dem König den entscheidenden Tipp zu geben: Im Lande **Urgyen** lebe ein großer tantrischer Meister namens **Padmasambhava**, dieser allein hätte die enormen Kräfte, die nötig seien, die Dämonen Tibets zu besiegen.

Damals war die vorherrschende Religion in Tibet der **Bön-Kult**, eine schamanisch-animistische Tradition, die die Rituale alter Naturreligionen bewahrt hatte. Dämonen und Geister sowie unterschiedlichste - häufig zornvolle - Gottheiten spielten hier eine Hauptrolle.

Padmasambhava („Der Lotusgeborene") war nicht nur ein profunder Kenner des **Mahayana**-Buddhismus, sondern er beherrschte auch allerlei magische Praktiken und **tantrische** Rituale. Er behauptete von sich selbst, nicht von einer Mutter geboren, sondern als „Erscheinung" in die Welt gekommen zu sein. Er erzählte, der Buddha **Amitabha** hätte von seiner Zunge einen roten Lichtstrahl ausgesandt. Dieser habe einen See berührt, auf dem sich alsdann eine Lotusblume öffnete. Dann projizierte **Amitabha** aus seinem Herzen die Silbe „hrih", die sich als goldener **Vajra** (das härteste und klarste Material im Universum) im Zentrum des Lotus manifestierte. Dies transformierte sich in einen achtjährigen Knaben, eben den „Lotusgeborenen".

Er wurde vom König von Uddiyana adoptiert, der ihn mit einer königlichen Prinzessin vermählen wollte. Padmasambhava aber, des weltlichen Lebens überdrüssig, verschmähte Prinzessin und Königreich und ging als heimatloser Wanderer in die Welt. Dies missfiel dem Hof und Padmasambhava wurde angeklagt, einen Minister ermordet zu haben. So wurde er auf ein Leichenfeld verbannt, wo die Toten abgelegt wurden und entweder verwesten oder von wilden Tieren zerrissen wurden. Padma-sambhava nahm dies als Übungsfeld an, meditierte hier und erreichte die Erleuchtung. Des Nachts erschienen auf dem

Leichenfeld *Dakinis*, himmlische Jungfrauen. Diesen lehrte er den Dharma.

In vollkommener Furchtlosigkeit gestählt zog er dann durch Indien, meditierte auf Leichenfeldern und studierte, was immer sich ihm bot: Poesie ebenso wie die Heilkunde, Astrologie ebenso wie Philosophie und Kunst. Schließlich studierte er den Dharma, nahm das Mönchsgewand an, ohne auf seine nächtlichen Begegnungen mit den Dakinis zu verzichten.

Dann ging er nach Urgyen zurück, wo er von den Sicherheitsbehörden erkannt und zum Tode auf dem Scheiterhaufen verurteilt wurde. Der Scheiterhaufen brannte drei Wochen, doch als sich der Rauch verzog und der König Padmasambhavas Leichnam sehen wollte, war dort ein See und auf dem tanzten Padmasambhava und Prinzessin Mandarava auf einer gigantischen Lotusblüte.

Nun bat der König Padmasambhava, ihm den Dharma zu lehren. So geschah es und danach ging Padmasambhava nach Indien und lebte in Bodh Gaya. Dort erhielt er die Botschaft des tibetischen Königs.

Er begab sich also auf Wunsch des Königs nach Tibet, wo er 55 Jahre lebte und lehrte und entscheidend zum Aufkommen der Vajrayana beitrug, einer buddhistischen Richtung, die auf dem Mahayana aufbauend, magische und tantrische Rituale mit einbezieht.

Anders als Santaraksita gelang es dem Lotusgeborenen, die Dämonen zu bezwingen. Martialisch ausgerüstet, mit einer Schädelschale in der Hand und mit Fellen behängt, forderte er sie zum Kampf auf den Leichenfeldern heraus. Wie immer dies abgelaufen sein mag, eines ist sicher: seine absolute Furchtlosigkeit und sein enormes Selbstbewusstsein beeindruckten die Tibeter so sehr, dass sie ihm abnahmen, stärker zu sein als die ärgsten Dämonen.

So verkündete er, er habe im Kampfe die Dämonen geistig und körperlich herausgefordert. Jene, die bereit gewesen seien, zum Dharma zu konvertieren, habe er zu Beschützern des Dharma ernannt, die übrigen Dämonen habe er leider, leider töten müssen. Noch heute gelten die besiegten Dämonen in Tibet als Beschützer des Dharma, und man kann die eigentümlichsten dieser Gestalten in Tempeln sehen. Auf diese Art wurde die alte animistische Kultur Tibets von Padmasambhava nicht zerstört, sondern in den Buddhismus integriert. 779 wurden die ersten tibetischen Mönche ordiniert. Santaraksita und Padmasambhava übersetzten dann den kompletten Pali-Kanon ins Tibetische und ins Chinesische.

Padmasambhava stellte aber auch fest, dass seine Schüler noch nicht reif waren für eine Reihe von Lehren. Also, so heißt es, versteckte er esoterische Texte in Höhlen in ganz Tibet und hypnotisierte seine Schüler, dass sie auf einen bestimmten Schlüsselreiz hin sich dorthin begäben und diese Schriften finden würden, die sog. *termas*. Und das soll sogar noch nach vielen Jahrhunderten mit den *Reinkarnationen* dieser Schüler, den *tertons*, funktionieren. Der bekannteste dieser Texte ist das Bardo Thödol, im Westen bekannt als das "Tibetanische Totenbuch".

Ein gutes Bild seines immensen Selbstbewusstseins gibt Padmasambhavas erste Begegnung mit König Trisong Detsen wieder. Selbstverständlich durfte man sich dem König nur gebeugt nähern. Man hatte sich vor ihm niederzuwerfen und darauf zu warten, dass der König huldvoll gewährte, sich zu setzen – natürlich auf den Boden, während der König auf seinem hohen Thron residierte. Und selbstverständlich durfte man die Rede nur an den König richten, wenn dieser einen dazu aufforderte.

Das war natürlich mit Padmasambhava nicht zu machen. Als die Diener die Tür öffneten und den großen *Guru* ankündigten, stand niemand vor der Tür. Alle waren bestürzt – wo konnte der Meister des *Tantra* wohl sein. Dieser kam – wie es sich für einen großen Magier gehört – nicht durch die Tür, sondern durch das Fenster geflogen. Und das war sein Gruß an den großen Herrscher:

> **König von Tibet, du rotgesichtiger Wilder,**
> **dein Geist ist aufgeblasen von weltlicher Eitelkeit.**
>
> **Stolz ist die Ursache, in dieser elenden Welt geboren zu werden.**
>
> **Bist nicht du es, der Herrscher von Tibet,**
> **der geschmückt ist mit den fünf Geistesverfehlungen?**
>
> **Du bist aufgeblasen von deiner großen Herrschaft!**
>
> **Ich werde mich nicht niederwerfen vor dem König von Tibet! Aber den ganz netten Kleidern, die du trägst, erweise ich meine Referenz.**

Doch auch diese Referenz vor den Kleidern erwies sich als von etwas eigentümlicher Art. Guru Padmasambhava hob seine Hand zu einer Geste der Huldigung, ließ daraus Lichtstrahlen hervorschießen, die die Gewänder des Königs verbrannten. Die Minister und Höflinge waren entsetzt, als der König nunmehr nackt vor ihnen stand. Dieser jedoch verneigte sich vor Padmasambhava und setzte sich auf dem Boden nieder, worauf der große Guru auf dem Thron Platz nahm und dem König so wie allen, die nicht vor Entsetzen geflohen waren, eine Lehrrede hielt.

Der König war ganz begeistert von dieser Lehrrede und er versprach Padmasambhava, ihm jeden Wunsch zu erfüllen.

Padmasambhava akzeptierte huldvoll. Aber er wäre nicht Padmasambhava gewesen, wenn er nicht einen äußerst ungewöhnlichen Wunsch geäußert hätte; er, der Mönch, verlangte von König Trisong Detsen dessen Gemahlin zur Frau.

Die Ehe wurde auf der Stelle vollzogen.

Der Dieb und das Pferd
eine Geschichte aus dem Vajrayana

Dola Jigme Kalzang, ein großer tibetischer spiritueller Lehrer des frühen 19. Jahrhundert besuchte mit zwei seiner Schüler eine kleine chinesische Stadt, in der sich eine schreckliche Geschichte zutrug, die einer seiner Schüler uns berichtet:

Wir waren in dieser uns fremden Stadt und hatten ein Quartier gesucht. Kalzang, unser Meister, war bereits in die Stadt gegangen, und wir richteten noch unsere Sachen. An diesem Tag geschah in der Stadt etwas Schreckliches. Auf dem Marktplatz stand ein Pferd. Es war jedoch kein echtes Pferd aus Fleisch und Blut, sondern ein kupfernes Pferd, um das sich eine große johlende Menschenmenge versammelt hatte. Man hätte dies für ein Denkmal oder eine Kinderbelustigung halten können, doch es war etwas ganz anderes. Auf dem Pferd saß ein Mann in höchster Panik. Er schrie und heulte und wand sich, um zu entkommen, doch dies war vergebens: er war an Händen und Füßen gefesselt und mit Ketten an dem Kupferpferd befestigt. Der Mann galt als des Diebstahls überführt und erwartete seine Bestrafung.

Der Scharfrichter betrat den Platz unter lautem Applaus der Masse. Er trug eine Fackel in der rechten Hand und wie zum Triumph erhob er sie, was die Masse zu Begeisterungsstürmen veranlasste. Die Helfer des Henkers bereiteten alles für die Exekution vor. Das Pferd hatte hinten eine große Öffnung, eine Art Ofentür, und darein steckten sie mit Pech getränktes Holz und Kohlen, wobei sie von den Zuschauer/innen angefeuert wurden. Voller Erwartung sah die sensationslüsterne Menge abwechselnd auf die ihre Arbeit verrichtenden Gehilfen des Henkers, auf den Scharfrichter selbst und auf den sich windenden, schreienden Gefangenen, der sich unter dem Johlen der Masse inzwischen vor Angst in die Hose geschissen hatte. Gleich würde dieses asoziale Element, dieser Dieb, seine gerechte Strafe ereilen: Er würde bei lebendigem Leib geröstet. Welch ein Spektakel, welch ein Spaß für die Menge!

Der Henker näherte sich mit seiner Fackel dem hinteren Ende des Pferdes. „Los", feuerte ihn die Masse an, „wir wollen verbranntes Fleisch riechen." „Weg mit dem arbeitsscheuen Gesindel." „Mach ihm richtig Zunder unter seinem ver-schissenen Arsch!"

Ein einziger Mann jedoch bahnte sich schweigend den Weg durch die Masse, ein Ausländer, den niemand jemals zuvor gesehen hatte. Er trat vor und sprach in gebrochenem Chinesisch zu dem Henker: „Halte ein, dieser Mann ist unschuldig. Ich war es. Ich habe die Taten begangen, weswegen dieser Unglückliche verurteilt wurde."

Rasch verbreitete sich die Neuigkeit unter der johlenden Masse: „Ein Ausländer war's." - „Der hätte doch beinahe einen Unschuldigen für sich sterben lassen." - „Kommen her und beklauen uns, die Kanaken..." - „Endlich mal ein Exempel statuieren!" - „Röstet den Scheiß-Ausländer!" - „Lass´ ihn brutzeln, aber langsam, schön langsam!"

Inzwischen wurde der Delinquent, der nicht wusste wie ihm geschah, losgebunden. Mit ungläubigem Blick stand er daneben und sah, wie dieser Ausländer an seiner statt gefesselt und auf das Pferd gebunden wurde. Einige klopften dem verdutzten Mann auf die Schulter: „Da hast du aber noch mal Schwein gehabt." - „Der Kanake hätte doch beinah dich für sich sterben lassen." - „Nix für ungut, Hauptsache, es trifft jetzt den Richtigen."

Inzwischen saß der Ausländer auf dem Pferd, dort wo der andere Mann in seiner Not alles eingekotet hatte, aber das war jetzt das kleinste Problem. Der Henker steckte die Fackel in den Rumpf des Kupferpferdes. Deutlich konnte man sehen, wie die Flammen im Inneren des Kupferpferdes emporzüngelten, das Holz rasch Feuer fing, das Pech dazwischen ließ die Hitze schnell entfalten und die Kohlen fingen Feuer. Mit ruhigem Blick fixierte der todgeweihte Ausländer den Geretteten, dann wendete er seinen Blick geradeaus gen Himmel.

Das Johlen der Masse erstarb. Der Ausländer verdarb ihnen den Spaß. Er schrie nicht. Er wand sich nicht vor Schmerzen. Er saß ruhig und aufrecht da, den Blick geradeaus gerichtet. Kein Ton gab er von sich. Zwar sah man, wie ihm der Schweiß ausbrach, zwar begann man das geröstete Fleisch seines Körpers zu riechen, man konnte sehen, wie das Kupferpferd allmählich rotglühend wurde. Aber der Ausländer saß noch immer angespannt, aber ruhig auf dem Pferd, den Himmel im Blick. Jetzt fing seine Kleidung Feuer, wie eine Fackel brannte er – und gab doch keine Laut von sich.

Schweigend beobachtete die Menge das obskure Schauspiel. Als nur noch kleine Flammen an dem verkohlten Leichnam züngelten, gingen sie schweigend nach Hause. Ungläubig stand der gerettete Dieb allein noch einige Zeit neben dem Pferd, dann ging er leise weg. Man sagt, er sei in eine ferne Gegend gegangen und habe sich dort in einem Kloster ordinieren lassen.

***

Wir aber, mein Freund und ich, kamen etwas später auf dem Marktplatz an. Die Gehilfen des Henkers, nahmen gerade den Leichnam vom Exekutionspferd. Natürlich erkannten wir an den Resten seiner Kleidung sofort, dass es sich um niemand anderen als unseren geliebten spirituellen Lehrer Dola Jigme Kalzang gehandelt hatte, der sein Leben auf so grausame Art gegeben hatte, um einen völlig Unbekannten zu retten. Und um die verblendeten Menschen zu lehren. Vielleicht haben einige der Chinesen, die Augenzeuge des tragischen Todes unseres Meisters wurden, ja verstanden.

Wir aber nahmen das Gelübde auf, die Menschen von dem Handeln unseres Meisters, eines wahren *Bodhisattva*, zu informieren, eines Mannes, der diesen grausamen Tod auf sich genommen hat, um einen ihm Unbekannten zu retten und um zu zeigen, dass Hass niemals das Böse besiegt, dass nur Liebe des Hasses Herr werden kann.

Schach

eine Geschichte aus dem Zen

Shinzo Watanabe war kaum über 20 Jahre, als er, der einzige Sohn seines Vaters, dessen gut gehendes Geschäft übernahm. Schon in den letzten Jahren hatte der kranke Vater sich nicht mehr um das Handelsunternehmen kümmern können und hatte einen Geschäftsführer eingesetzt, sodass die Familie gut von den Erträgen leben konnte, ohne sich um die Geschäfte zu kümmern.

Shinzo hatte absolut keine Lust zu arbeiten, es war ihm Zeit seines Lebens gut gegangen und sein Vater hatte sich nur allzu lange mehr um das Geschäft gekümmert, als um seinen Sohn. So kam es, dass aus diesem ein nichtsnutziger Playboy geworden war, und Shinzo sah keinen Grund, an seinem Wandel etwas zu ändern, vielmehr trieb er es jetzt, da niemand ihm mehr Einhalt gebieten konnte, noch ärger.

Hatte er sich schon zuvor keineswegs nur mit *Geishas*, sondern auch mit anderen leichtlebigen Frauen vergnügt und dem Alkohol und wohl auch dem Opium mehr als genug zugesprochen, so begann er jetzt auch mit dem Glücksspiel. Allerdings hatte er dabei weder das notwendige Geschick noch die Fortune, die dies hätte ausgleichen können, und so hatte er das ganze Vermögen seines Vaters in weniger als zwei Jahren verprasst und damit auch seine Schwestern und seine Mutter ins Unglück gestürzt.

Ein Ehrenmann hätte jetzt Harakiri begangen, aber Shinzo war kein Ehrenmann. Er besah sich sein Leben und ihn überkam Ekel. Alles widerte ihn nunmehr an: die Drogen, die Mädchen, der Alkohol, am meisten jedoch ärgerte er sich über sich selbst. Welche Optionen blieben ihm jetzt noch? Das einzige, was ihm als Ausweg akzeptabel erschien, war der Eintritt in ein Zen-Kloster.

So begab er sich zu einem nahe gelegenen Bergkloster, bat um Aufnahme und musste, wie das damals durchaus üblich war, drei lange Tage und Nächte im Schnee vor dem Kloster knien, bevor ihn der Abt, ein grimmiger alter Mann, einließ. Nun war es an Shinzo, dem Abt zu erläutern, warum er gekommen war. Shinzo beschönigte nichts, er bekannte klipp und klar sein fehlerhaftes, liederliches Leben und seine fehlenden Fähigkeiten.

„Du bist ein Taugenichts", fuhr ihn der Abt an, „ich sollte dich fortjagen. Oder gibt es vielleicht irgendetwas, was du gut kannst?"

Shinzo musste lange überlegen, bevor er eine Antwort gab: „Ich kann einigermaßen gut Schach spielen." Der Abt beauftragte seinen Gehilfen einen bestimmten Mönch zu holen. Der kam, und es zeigte sich, dass dieser Mönch schon ein sehr alter Mann war, der wohl schon ein halbes Jahrhundert in diesem Kloster zugebracht hatte.

Nun beauftragte der Abt seinen Gehilfen: „Hole mir mein Schwert." Auch dieser Auftrag wurde ausgeführt. Shinzo verfolgte den Ablauf mit großem Befremden, war jedoch schockiert, als er den Abt mit grimmiger Strenge sagen hörte: „Ihr beiden werdet jetzt Schach spielen. Bei uns ist keine Klosterzelle frei. Daher werde ich den Verlierer am Ende dieses Spieles mit meinem Schwert enthaupten, dann passt die Anzahl der Klosterzellen wieder!"

Shinzo und der alte Mönch blickten den Abt an. Dessen Körpersprache war eindeutig und ihnen war klar: das, was er angekündigt hatte, würde er in die Tat umsetzen.

Die Spielsteine wurden ausgelost, und da Shinzo Weiß hatte, machte er den ersten Zug. Der alte Mönch – offensichtlich auch kein schlechter Spieler, zog in traditioneller Weise seinen Bauern vor. So ging es etwa zehn, zwölf Züge lang, während denen es Shinzo immer heißer wurde. Sein Hemd war schweißnass und die Brühe tropfte ihm vor Anspannung von der Stirn. Er konzentrierte sich, so gut es ging, und es gelang ihm einen Angriff des Mönchs zurückzuschlagen, was sein Selbstvertrauen wachsen ließ: „Oh, das Spiel läuft nicht schlecht für mich. Jetzt nur keinen Fehler machen." Noch nie war Shinzo so konzentriert gewesen wie in dieser Stunde. In ihm stieg die Zuversicht, als er um einen Bauern im Vorteil lag, und erstmals sah er den Mönch an. Das Gesicht des Mönchs war aufgrund der Entbehrungen zerfurcht und eingefallen, ein alter Mann, der sein Leben mit der Praxis von Ethik und Meditation verbracht hat, und der gewiss eine Menge Weisheit entwickelt hatte.

Und unwillkürlich verglich er diesen alten Mönch mit sich selbst: einem jungen Taugenichts, der seiner Mutter, seinen Schwestern und den Angestellten in seinem Geschäft nur Leid gebracht hatte. „Ich bin ein eingebildeter nichtsnutziger Schnösel. Dieser Mönch aber hat ein wertvolles Leben geführt und in weniger als einer Stunde muss er wegen mir sterben."

Zum ersten Mal in seinem Leben, betrachtete er die Dinge nüchtern, ohne Stolz, Arroganz und Hochmut. Der Mönch war im Begriff das Spiel zu verlieren und tiefes Mitgefühl stieg in Shinzo auf. „Das darf nicht sein. Dieser Mönch ist so viel wertvoller als ich." Shinzo tat absichtlich einen ungeschickten Zug. Der Mönch zog den Springer nach vorn und erneut machte Shinzo einen wenig vorteilhaften Zug - und einem Kenner des Spiels wurde klar, dass Shinzo seinen vorigen Vorteil nicht wieder gewinnen könnte.

In diesem Moment trat der Abt so heftig gegen das Spielbrett, dass alle Figuren vom Brett gefegt wurden. Er sagte zu Shinzo: „Die erste Lehrstunde ist vorbei. Du hast heute zwei wichtige Dinge gelernt: Konzentration und Erbarmen. Konzentrationsfähigkeit ist für erfolgreiche Meditation unabdingbar, war aber für meine Entscheidung eher unwichtig. Aber weil du selbstloses Erbarmen entwickelt hast, bist du angenommen. Du hast in deinem Leben bislang viel Unheil angerichtet, aber nun hast du die Chance an deinem Karma zu arbeiten. Du hast nicht nur das Zeug ein guter Mönch zu werden, wie alle, die Achtsamkeit und Konzentrationsfähigkeit entwickeln. Aus dir könnte sogar ein **Bodhisattva** werden. Du musst dich nur vor einem hüten: davor dass wieder **Dünkel** in dir aufsteigt."

Wein, Weib und Gesang

eine Geschichte aus dem Vajrayana

Virupa (837 - 909 u. Z.) ist einer der *Mahasiddhas*, der großen Magier, die im Vajrayana besonders verehrt werden. Die Sakya-Schule, eine der vier Hauptrichtungen des Vajrayana, stellt ihn in den Mittelpunkt. Für diese Schule gilt er als der Gründer des *Landré*-Meditationssystems Er lebte in Nordostindien.

Virupa wohnte zunächst in einem Kloster, wo er studierte, meditierte und gemäß den buddhistischen Vorsätzen handelte. So übte er sich in der Visualisierungspraxis, indem er die rote Gottheit *Vajravarahi* visualisierte. Im Mittelpunkt seiner Praxis stand jedoch die Mantrarezitation, das Aufsagen und beständige Wiederholen eines bestimmten Spruches. Er hoffte so, der Erleuchtung näher zu kommen. Er rezitierte sein *Mantra* nicht weniger als 10 Millionen Mal. Als er feststellte, dass dieses nichts geholfen hatte, entschließt er sich, das Mantra weitere 10 Millionen Mal aufzusagen.

Dies dauerte insgesamt zwölf Jahre, schien aber keinerlei Erfolg zu haben. Virupa war frustriert: zwölf Jahre für Nichts! Er konnte keinerlei Fortschritt an sich feststellen, gar nichts. Da war nicht einmal ein bedeutsamer Traum, den er auf seine Praxis hätte zurückführen können. In seiner Wut nahm er seine *Mala*, seinen Rosenkranz, und schleuderte ihn wutvoll in die Trocken-Toilette, die sicherlich kein sehr idyllischer Ort ist, sondern eine äußerst stinkende Sache.

Diese Mala hatte er benutzt um die 20 Millionen Mantrenrezitationen abzuzählen, das war der Grund, warum gerade dieser Gegenstand Opfer seines Wutausbruchs war. Am Abend noch diesem Wutanfall wollte er zur Puja, einer buddhistischen Ritualfeier gehen, dort brauchte er jedoch seine Mala. Er war also in einer äußerst misslichen Lage. Da erschien ihm eine wunderschöne Gottheit, eine hellblaue Frau, die über dem Boden schwebte. In der Hand hielt sie seine Mala, die wunderbarerweise völlig rein war und glänzte, und übergab sie ihm mit den Worten: „Die Reinheit des Geistes existiert im Inneren, daher schaue nicht nach außen." Dann verschwand diese äußerst angenehme Erscheinung, diese Perfektion der Leerheit, wieder.

Da war nun endlich das Zeichen, dass seine Übungen, die 20 Millionen Male, die er das Mantra rezitiert hatte, tatsächlich ein Ergebnis, eine Frucht, zeitigte. Diese wenigen Worte genügten, um ihn völlig zu verwandeln. Er sah jetzt, dass er bisher viel zu formell praktiziert hatte, denn genau das Ausbrechen aus dieser formalen Praxis war es offensichtlich, das ihn in Kontakt mit der Gottheit brachte. Dies alles musste er aufgeben, das formelle Meditieren, die Rezitationspraxis, jedwede Form und natürlich auch sein Verlangen nach Erleuchtung. Stattdessen handelt Virupa jetzt völlig spontan und natürlich, so wie es ihm gerade in den Sinn kam. Damit entsprach er dem, wofür die *Siddhas* stehen.

Dies gefällt jedoch dem Klosterestablishment nicht. Es fällt auf, dass seit Nirupas Verwandlung die Tauben weniger werden - und die Mönche haben einen bestimmten Verdacht. Auch sieht man hin und wieder junge Frauen in Nirupas Klosterzelle gehen. Der Geruch von alkoholischen Getränken dringt aus seiner Zelle, und schließlich wird er mit einer Taubenpastete in der Hand erwischt. (*Vorsicht: diese Geschichten von den Maha-Siddhas darf man nicht wörtlich nehmen.*) Darauf angesprochen erweckt er alle Tauben wieder zum Leben und ging auf Wasser spazieren, so sagt es die Überlieferung.

Das Maß ist dennoch voll. Er hat es zu bunt getrieben und muss das Kloster verlassen. Die bestehenden buddhistischen Organisationen können ihn, so wie er handelt, natürlich nicht gewähren lassen.

Er lebt fortan außerhalb von Klöstern als wandernder Yogi. Im Gegensatz zu den meisten umherziehenden Yogis ist er jedoch ausgesprochen fett. Auch auf allen Darstellungen Virupas erscheint er fett und hässlich mit Glubschaugen. In der Tat heißt Virupa „der Hässliche". Man sagt, er habe sich extra so fett gefressen, damit er vor den Nachstellungen durch Frauen sicher sei. Möglicherweise hielt er sich also für verführbar. Wenn Virupa abgebildet wird, so zeigt er mit der Hand auf die Sonne. Ursache dafür ist die folgende Geschichte.

Virupa ist mit einem seiner Schüler, dem jungen Mann Kana, unterwegs. Sie durchstreifen eine große Stadt, sehen sich auf den Märkten um, schlendern durch die Basare, die laut sind und voll von den unterschiedlichsten Gerüchen. Sie verhalten sich also nicht anders, als es auch Touristen tun. Allerdings gehen sie nicht gezielt in die besten Stadtviertel. Im Gegenteil, dort wo sich der Rest dieser Geschichte abspielt ist es eher liederlich, man könnte es als eine Slumgegend beschreiben. Schließlich kommen sie an einer einfachen, billigen Bar vorbei.

„Wir sollten hier etwas trinken", sagt Virupa zu seinem Schüler; dann betreten beide Männer die Spelunke.

Die Barfrau mustert die neuen Gäste von Kopf bis Fuß, sie ist misstrauisch, denn Yogis ernähren sich von Almosenspeise, sie verfügen über keinerlei Einkommen, daher fragt sie misstrauisch: „Habt ihr Yogis denn überhaupt Geld?"

Als Antwort holt Virupa sein Messer heraus und rammt es in den Tisch, vermutlich denkt er, dass dies in dieser Gegend der Stadt die angemessene Art ist, sich zu artikulieren. Der Tisch steht zur Hälfte in der Sonne. Das Messer ist in der sonnigen Hälfte stecken geblieben. „Wenn der Schatten das Messer erreicht hat, zahle ich", sagt Virupa und schaut die Barfrau mit scharfen Augen eindringlich an. Angesichts des Messers entschließt sich diese eingeschüchtert, die beiden zu bedienen. Sie serviert ihnen Wein.

Virupa und Kana kippen den Wein – in dieser Gegend bestimmt nicht das beste Gewächs – herunter wie Wasser und verlangen mehr. Dieser Vorgang wiederholt sich. Immer wieder. Das ist sicher nicht unbedingt das, was man von praktizierenden Buddhisten erwarten würde, aber für Siddhas gelten andere Regeln. Die beiden saufen buchstäblich die Bar leer. Und das Merkwürdigste: Die Sonne steht still, keinen Millimeter bewegt sich der Schatten auf das Messer zu. Die Barfrau sieht sich gezwungen, bei anderen Händlern in der Nähe Nachschub zu kaufen. Inzwischen stimmen Virupa und Kana - sichtlich angeheitert - ein bengalisches Trinklied an.

In der ganzen Stadt jedoch werden die Leute ängstlich, schließlich war es noch nie passiert, dass die Sonne stillstand. Alle Menschen bewegen sich in der mittäglichen Hitze, die nicht weichen will, wie betrunken. Jeder rätselt, was denn der Grund dieses merkwürdigen astrologischen Ereignisses ist. Auch der König ist verunsichert, und er lässt nachforschen, was denn die Ursache dieses ungewöhnlichen Stillstandes ist. Seine Detektive gehen also in die Stadt und forschen nach. Irgendwann erfahren sie den Grund. Der König glaubt seinen Ohren nicht trauen zu können, als man ihm berichtet, dass offensichtlich die Ursache für den Sonnenstillstand darin liegt, dass ein Yogi in einer Bar seine Rechnung nicht bezahlen will.

Der König ist ein Mann der Tat, er begibt sich unverzüglich in seinen prächtigen Gewändern in das Elendsviertel, in dem dieser merkwürdige Yogi in der Bar sitzen soll. Respektvoll machen ihm die Leute Platz, als sie ihren König kommen sehen und sie tuscheln einander zu: „Endlich passiert etwas, es wurde ja auch Zeit, dass der König eingreift. Das geht doch nicht, dass einfach die Sonne stillsteht!"

Als der König die Bar betritt, fallen ihm sofort die beiden Zecher mit dem in den Tisch gerammten Messer auf. Er begibt sich zu ihnen.

„Guten Tag, liebe Yogis, habt ihr vielleicht die Sonne angehalten?"

„Ja, das war ich", bekennt sich Virupa zu seinem Handeln.

„So, aha. Kannst du sie vielleicht auch dazu bringen, sich wieder wie üblich zu bewegen. Weißt du, dieser Sonnenstillstand verursacht nämlich einige Probleme."

„Können kann ich schon. Dann muss ich allerdings zahlen, weißt du, König. Tja, und das Problem ist: ich habe kein Geld."

Ein Problem, das mit Geld zu lösen ist, ist für den König kein Problem. Er übernimmt die Rechnung der beiden zechenden Yogis und augenblicklich geht die Sonne weiter. Auch Virupa und Kana ziehen weiter.

Was soll das alles bedeuten?

Am wichtigsten bei Vajrayana-Geschichten ist, dass man sie nicht wörtlich nehmen darf. Ihr Sinn erschließt sich erst, wenn man den darin vorhandenen Symbolismus versteht. Die Dinge sind im Vajrayana nie das, wonach sie aussehen. Da ist zunächst der Tabubruch das Saufgelages. Hier wird sich bewusst außerhalb der Konditionierung gestellt, häufig umgeben sich die Mahasiddhas daher mit den Outcasts der Gesellschaft. Das ist der Grund, warum die Geschichte in einem Slum spielt.

Durch das Anhalten der Sonne wird die große spirituelle Macht Virupas gezeigt. Die Sonne steht dabei auch für Kraft, für Energie, für das maskuline Prinzip. Aber nicht nur die männliche Kraft wird von Virupa beherrscht, sondern auch die weibliche, symbolisiert durch die Barfrau. Damit ist Virupa mit einer Kraft ausgestattet, die jede Dualität überschreitet.

Der Wein steht für maha sukha, die große Freude, die dadurch entsteht, dass Virupa die männliche und die weibliche Energie vereint. Somit sind Innen und Außen, Weisheit und Mitgefühl, Samsara und Nirvana vereint und somit transzendiert. Non-Dualismus, die Überwindung der scheinbaren Trennung von Ich und Ander, ist das Ziel buddhistischen Strebens. Wer dieses nicht nur intellektuell verstanden hat, sondern mit dem gesamten Empfinden, Denken, Reden und Handeln ausdrückt, hat das **Nirwahn** erreicht.

Eine Leiche zum Frühstück
eine Geschichte aus dem Vajrayana

Kana, die zentrale Person dieser Geschichte, ist euch vielleicht schon von der Erzählung "Wein, Weib und Gesang" her bekannt. Dort war er der Saufkumpan von *Virupa*. Kana, das heißt „Pfeffer", wurde schon sehr jung ordiniert. Er war ein eifriger Meditierer und praktiziere, indem er die Gottheit *Hevajra* visualisierte, die Einweihung in diese Praxis hatte ihm sein Lehrer Jalanda erteilt.

Kana praktizierte diese Visualisierung der Meditationsgottheit jetzt seit zwölf Jahren, und er hatte dabei große Erreichungen. Eines Tages, während er meditierte, ereignete sich ein Erdbeben: „Ha!" sagte er zu sich selbst, „das war ich, das habe ich geschaffen, gerade muss ich zu etwas ganz Besonderem durchgebrochen sein!" Kana war überglücklich.

Sogleich erscheint ihm eine *Dakini*, ein himmlisches Wesen – es muss sich dabei wohl um eine spezielle *Dakini* für besondere Fälle von Verblendung gehandelt haben. Sie ermahnt ihn: "Kana, flippe jetzt nicht aus, sondern meditiere weiter. Das ist in der Tat ein gutes Zeichen. Es wäre Unsinn durch Stolz und Dünkel alles zu verderben, also: meditiere weiter."

Und Kana ist ein folgsamer Junge, er meditiert weiter. Doch eines späteren Tages sieht Kana einen Stein, was soweit absolut nichts Ungewöhnliches ist. Doch als er seinen Fuß auf den Stein setzt und ihn dann wieder wegnimmt, sieht er seinen eingegrabenen Fußabdruck in dem Stein, was nun allerdings wirklich etwas Unerhörtes ist. Auch vom Buddha selbst wurde behauptet, er habe Gleiches getan. Dementsprechend ist Kana von sich selbst beeindruckt: „Wow, ich habe etwas

Phänomenales erreicht, ich sehe jetzt die illusionäre Natur der Dinge. Von nun an gelange ich in höhere Sphären."

Sofort erscheint wieder die finale Ermahnungs-*Dakini* und diszipliniert ihn: „Kana, lass dich nicht von deinem Weg abbringen. Paranormale Phänomene sind auf dem Pfad nicht ungewöhnlich, aber sie können dich vom rechten Weg abbringen, also meditiere! Meditiere, alles andere ist egal."

Der so Ermahnte ist folgsam und meditiert weiter. Doch eines Tages geschieht etwas noch Wunderbareres. Er bemerkt, wie er sich in der Meditation plötzlich in die Luft erhebt. „Wow! Super! Ich hab´s, das ist die Sphäre der Leerheit, ich habe sie erreicht!!!"

Doch sofort erscheint mit strengem Blick wieder die oben erwähnte *Dakini*. Diesmal zeigt sie nur auf das Meditationskissen. Reumütig kehrt Kana zurück und meditiert weiter.

Doch dann bemerkt er, wie das absolut Unwahrscheinliche, das Unglaubliche, geschieht: Er erhebt sich in seiner Meditation ins Weltall. Dies ist ein wunderschöner Ort. Im All erscheinen kleine Sofas, die zum Verweilen einladen, außerdem sind da Trommeln, Zimbeln und andere Musikinstrumente, die wie von Geisterhand zu spielen anfangen, sie scheinen seine erhabene Meditation mit einer Art Trommelwirbel zu begleiten. „Jetzt hab´ ich´s aber! Ich hab´s erreicht! Leerheit! Weisheit!" freut sich Kana, in ihm steigt abermals *Dünkel* auf.

Zur damaligen Zeit war Kana schon recht bekannt, und er hatte eine Reihe von Jüngern um sich versammelt. Mit diesen, so dachte er sich, könne er jetzt Großes erreichen. Er überlegte, was denn seine Aufgabe sein könne, dann entschied er: „Wir werden nach Lanka gehen und die Barbaren dieser großen Insel zum Dharma bekehren!"

Also begab er sich mit all seinen Schülern im Gefolge nach Südindien an die Küste, denn sie wollten zur Insel Lanka. Kana, noch immer voller Dünkel, hatte vor, seine Schüler zu beeindrucken, indem er übers Meer wandelt, wie dies große Gurus mitunter tun. Zwar hatte der Buddha immer wieder darauf aufmerksam gemacht, dass paranormale Phänomene auf dem Weg der höheren Meditationsvertiefungen normal sind, und dass man sich davor hüten solle, sie einzusetzen, um die Leute zu beeindrucken. Jedoch ist dies eine Anweisung, die nicht nur von Kana, sondern ganz allgemein von den Siddhas nicht besonders hoch geschätzt wurde. Auf jeden Fall entschließt sich Kana auf dem Meer zu gehen, was sicher noch eine Nummer größer ist, als wenn man nur auf dem See Genezareth wandelt.

Wie er so vor den staunenden Augen der Menschen übers Wasser geht, steigt in ihm der Gedanke auf: „Was bin ich doch für ein Super-Guru! Ich gehe übers Wasser! Das konnte nicht einmal mein Guru Jalandala. Ich habe etwas ganz Besonderes erreicht, ich bin besser als mein Meister!" Und wie er das gerade so denkt, da versinkt er.

Jalandala, Kanas Guru, erscheint in den Lüften über Kana, der sich inzwischen mühsam schwimmend über Wasser hält: „Ja, was gibt's denn hier? – Was machst du denn da völlig bekleidet im Meer?"

„Entschuldige, Jalandala. Eigentlich wollte ich nach Lanka, die Barbaren konvertieren. Aber dann dachte ich, ich wäre größer als du, da bin ich eingesunken."

„Aber Kana! Auf diese Art wirst du nichts Gutes erreichen. Du kannst vielleicht über die Leerheit meditieren, aber im Reich der Non-Dualität bist du längst noch nicht angekommen. Ich habe allerdings einen Tipp für dich. Ich nenne dir jetzt den Namen einer Stadt. Gehe dorthin und suche einen Weber auf, der ein geheimer Yogi ist. Von ihm kannst du lernen, was du brauchst."

Dann nannte Jalandala Kana den Namen der Stadt. Dieser macht sich sofort zusammen mit seinen Schülern auf den Weg. In Kana steigt bereits unterwegs wieder Dünkel auf. Er sieht Zeichen von Verwirklichung in sich, er glaubt sich in höheren Gefilden, er dünkt sich, besser zu sein als die anderen. Offensichtlich ist Kana, wie viele Erfolgsmenschen, für Dünkel reichlich anfällig. Schließlich erreichen sie die Stadt. Es gibt dort allerdings zahlreiche Weber. Kana sucht sie alle auf und sieht ihnen bei der Arbeit zu. Aber nur bei einem Weber sieht er, wie der auf dem Webstuhl eingeschossene Faden wie von magischer Hand geführt zurückkehrt. Jetzt weiß Kana: das muss der geheime Yogi sein.

Kana fasst sich ein Herz, er kommt direkt zur Sache und fragt: „Kannst du mir verraten, wie ich die höchste Weisheit realisieren kann?"

Der Weber mustert den forschen jungen Mann, dann sagte er: „Versprichst du unbedingten Gehorsam? Wirst du tun, was immer ich von dir verlange, ohne nach Sinn und Zweck zu fragen?"

Und Kana wirft sich in die Brust: „Ja, Meister, ich gelobe es!"

Daraufhin begibt sich der Weber mit Kana zu einem Leichenfeld, einem jener idyllischen Plätze, wo die armen Leute, die sich das Holz für die rituelle Verbrennung nicht leisten können, ihre Leichen deponieren, auf dass diese dort verwesen oder von wilden Tieren gefressen werden. Kana und der Weber scheinen Glück zu haben: es liegt gerade eine frische Leiche da.

„Iss davon!" ordnet der Weber-Yogi an.

Das hatte Kana nun wirklich nicht erwartet, als er unbedingten Gehorsam versprach. Da er sich allerdings sagte, dass sein Meister ihn prüfen wolle, zieht er zwar ein Gesicht, doch dann holt er sein Taschenmesser hervor und schneidet ein kleines Stück Fleisch von der Leiche ab, um es zu verspeisen.

Der Weber schüttelt den Kopf: „Doch nicht so, Kana!" Dann rezitiert er einen magischen Spruch und verwandelt sich augenblicklich in einen gierigen Wolf, der sich hungrig auf die Leiche stürzt, sie zerreißt und verschlingt. Wir sehen: bei den Siddhas ist immer wieder Magie im Spiel. Danach verwandelt er sich wieder zurück in den Weber und sagt: „Kana, du willst Erreichungen haben? Du kannst nur richtig von einer Leiche fressen, wenn du dich so transformieren kannst."

Kana schaut unschlüssig, das kann er nun wirklich nicht. „Gut", sagt der Weber, „dann fangen wir mit einer etwas leichteren Übung an. Du siehst, der Wolf, der die Leiche fraß, hat hier hingeschissen. Drei schöne Haufen. Iss einen davon!"

Kana ist entsetzt: „Um Himmels Willen, Meister, das kann ich nicht, das ist unmöglich, ich kann doch keine Wolfsscheiße fressen!" Dazu muss man wissen, dass im indischen Raum der Hund – und damit erst recht der Wolf – als das schmutzigste und unwürdigste Tier gilt. Das Ansinnen des Yogis ist etwa so, als wenn man von einem frommen Muslim verlangen würde, die Exkremente von Schweinen zu verspeisen.

Der Weber bückt, sich, hebt einen der Kothaufen auf und verspeist ihn genüsslich. Kana sieht mit dem Ausdruck des Entsetzens, was da geschieht. Doch die Szene wird noch skurriler, denn sofort erscheinen einige Götter und rufen aus: „Köstlich! Etwas ausgesprochen Köstliches, niemals gab es so etwas Gutes", und nehmen die beiden anderen Haufen Wolfskot, um sie genüsslich zu verspeisen. Was Kana verschmähte, ist offensichtlich nichts anderes als Götterspeise!

Der Yogi schüttelt den Kopf über seinen neuen Schüler: „Ach weißt du, Kana, du musst noch viel lernen, um die Nondualität zu realisieren. Meinst du, du kannst wenigstens ganz normale Menschennahrung zu dir nehmen?"

„Das ganz sicher, Meister", sagt Kana mit einem Aufatmen.

Also begibt sich der Meister auf den Basar und kauft etwas Nahrung und auch etwas zu trinken. Allerdings gibt er nur wenige Rupien dafür aus, und er erhält nur sehr wenig. „Das macht nichts", denkt sich Kana, „mir ist bei Gedanken an Nahrung aus Leichen und aus Scheiße eh´ der Appetit vergangen."

„Wirst du diese Nahrung aufessen können, Kana?"

„Das sicher, Meister, das ist kein Problem."

„Ach", sagt der Weber, „wo wir schon mal Nahrung haben, sollten wir alle anderen zu einem Festessen einladen. Geh und gib es bekannt."

Das ist Kana nun wirklich peinlich. Für sie beide, den Yogi und ihn, wäre es schon zu wenig für eine Mahlzeit gewesen, aber jetzt muss er durch die Stadt gehen und zahlreiche Menschen, darunter seine Jünger und alle Freunde und Bekannten des Webers einladen, obwohl er weiß, dass nur eine ganz winzige Menge Nahrung vorhanden ist.

Das wird eine Blamage, wenn die alle zum Essen kommen! Und wem werden sie es anlasten: Ihm selbst, Kana, denn er hat alle dies Leute eingeladen. Vermutlich werden sich nicht wenige seiner eigenen Schüler dann von ihm lossagen. Doch diesmal macht Kana, was der Weber verlangte, wenn auch mit einem ganz schlechten Gefühl.

Schließlich versammeln sich alle und der Weber tischt auf einem riesigen Bankett das winzige bisschen Nahrung auf. Es wirkt wie ein Hohn. Dann beginnt er eine Segnungszeremonie, während der die Nahrung wächst und sich vermehrt, bis das ganze Bankett übervoll mit den erlesensten Speisen ist. Dann beginnt das Festessen. Die Gäste sind begeistert. Jeder holt sich so oft nach, wie er will. Und das Wunderbarste: Die Nahrung wird und wird nicht weniger. Die Speisung der 5000, von dem das Markus-Evangelium berichtet, muss sich dagegen wie ein Zwerg-Wunder ausnehmen.

„Esst, esst alles auf!" ruft der Weber und geht mit gutem Beispiel voran. Die Gäste hauen rein, was das Zeug hält. Das große Fressen dauert Tage um Tage, und immer wieder feuert der Weber sie an mehr zu essen. Kana hat das Gefühl zu platzen. „Bestimmt", sagt sich Kana, „war mein Lehrer Virupa hier auch. Das muss der Grund dafür sein, dass er zeitlebens so fett war."

Nach einer Woche gibt Kana schließlich auf und er verlässt mit seinen ebenso vollgefressenen Schülern das Gelage. Er verabschiedet sich vom Weber: „Es tut mir leid, ich kann nicht mehr. Ich habe genug. Wir gehen."

Kopfschüttelnd wendet sich der Weber an Kana: "Ach Kinder, ihr seid mir schöne Yogis! Was erreicht ihr, wenn ihr jetzt weggeht? Sofas im Himmel und kleine Trommeln und andere Musikinstrumente, die von allein spielen! Das ist doch alles Kinderkram. Meditiert und realisiert die Natur der Realität."

Kana und seine Leute gehen. Der Weber aber wird von einem seiner Freunde gefragt, ob diese denn keinen Hunger hätten, dass sie schon gehen.

„Dieser", sagt er Weber, „hat trotz großer Meditationsübungen seine Erfahrungen nicht in das Alltagsleben integrieren können. Wem das nicht gelingt, der scheitert. Ich habe ihn immer wieder an die Grenzen der Nondualität geführt. Aber Kana ist bislang unfähig, sie außerhalb der Meditation zu überschreiten."

Anmerkung:

*Vielleicht geht es uns ähnlich. Wir üben in der Meditation Achtsamkeit, wir üben die **metta bhavana**, die Meditation liebender Güte gegenüber allen Wesen. Wir fühlen uns wirklich toll, wenn uns das in der Meditation gelingt.*

Das ist sicher ein guter Anfang. Aber entscheidend ist, nicht nur im Geist zu handeln, sondern auch im Reden und im realen Handeln. Nur allzu oft werden wir dann erkennen, wie weit wir von der Realisierung entfernt sind, wie wenig es uns gelingt, die Erfahrungen unserer Meditationsübungen in das Alltagsleben zu übertragen und so die Grenzen der Nondualität zu überschreiten. Das will uns diese Geschichte aufzeigen.

Mir jedenfalls hat sie geholfen zu verstehen, dass die Meditation zwar ein Übungsfeld ist, dass das Handeln in der Welt aber der Ort ist, wo wir unsere Übungen, unsere Achtsamkeit, unsere hoffentlich kultivierte Liebe zu allen fühlenden Wesen, umsetzen müssen. Nur dann machen unsere Übungen Sinn. Erst gilt es den Geist zu schulen, dann das in unserem Reden, in unserer Kommunikation mit anderen, umzusetzen und schließlich sollte dieses Denken und Reden Ausdruck finden in unserem Handeln. Wenn es unser Handeln voll durchdringt, in jedem Moment, dann wird es zum Rechten Lebenswandel entsprechend dem Achtfachen Pfad, den der Buddha aufgezeigt hat:

- *Richtiges Verstehen*
- *Richtige Gesinnung*
- *Richtiges Reden*
- *Richtiges Handeln*
- *Richtiger Lebenswandel*
- *Richtige Bemühungen*
- *Richtige Achtsamkeit*
- *Richtige Sammlung*

Der Samurai und der Mönch
eine Geschichte aus dem Zen

Wieder war Krieg in Japan. Diesmal hat die feindliche Armee gewonnen. Aus Angst vor Plünderung, Vergewaltigung und Brandschatzung sind alle Bewohner aus der Stadt geflohen.

Alle? - Nein nicht der alte Zen-Mönch aus dem kleinen Tempel.

Der feindliche General hört davon und kommt entrüstet in den Tempel gestürmt: "Weißt du nicht, dass ich einer bin, der dir den Kopf mit meinem Schwert abschlagen kann, ohne mit der Wimper zu zucken!"

Der Mönch sieht ihn seelenruhig an und entgegnet gelassen: "Weißt du nicht, dass ich einer bin, der, sich von deinem Schwert köpfen lassen kann - ohne mit der Wimper zu zucken?"

Der General stutzt, verneigt sich und geht.

Begriffserklärungen

aller im Text **_fett und kursiv_** gedruckten Worte

Alchimie – ein alter Zweig der Naturchemie und Vorläufer der Chemie. Etwa vom 1. Jhd. u. Z. an wurden Versuche vorgenommen, insbesondere Gold synthetisch herzustellen. Ab dem 17. Jhd. sprechen wir von Chemie.

Amitabha – eine nicht-historische Buddhafigur; häufig wird der historische Buddha zu Meditationszwecken in fünf verschiedene Figuren aufgespalten, um einzelne Aspekte von Buddhaschaft zu betonen, hierbei steht Amitabha für *metta* (allumfassende Liebe) und Gnade

Arahat – Heiliger, vollkommen Erleuchteter

Asangha – (4. Jhd.) und sein Halbbruder Vasubandhu werden traditionell als Gründer der *Yogacara*-Schule des Buddhismus angesehen

Aschenputtel – Märchenfigur, die niedrigste Dienste verrichten musste, dann jedoch von einem Prinzen gefreit wurde

Bardo Thödol – sog. „Tibetanisches Totenbuch", das Buch heißt eigentlich „Von der Befreiung durch Hören im Zwischenzustand", wobei mit Bardo (Zwischenzustand) hier der Zustand nach dem Tod und vor der *Wiedergeburt* gemeint ist.

Bodhi – siehe *Erwachen*

Bodhisattva – Figur im Mahayana-Buddhismus. Bodhisattvas sind Wesen, die Erleuchtung nicht nur für sich selbst anstreben, sondern zum Wohl aller Wesen. Es gibt transzendente Bodhisattvas, die uns inspirieren können und (auch) eine Projektion menschlichen Geistes sind. Praktizierende des Mahayana nehmen aber häufig ein Bodhisattva-Gelübde auf sich, geloben also, Erleuchtung zum Wohl aller Wesen anzustreben. Insofern ist das Bodhisattva-Ideal auch eine Selbstverpflichtung.

Bön-Religion – vorbuddhistische, schamanische tibetische Religion, in der Geister und Dämonen wichtige Rollen spielen. Nachdem Buddhismus im 8. Jhd. in Tibet Staatsreligion wurde, beeinflussten sich tibetischer Buddhismus (Vajrayana) und Bön gegenseitig. 1977 anerkannte der Dalai Lama das Bön als fünfte Schulrichtung des tibetischen Buddhismus.

Buddha – wörtlich: Erwachter, einer der das Ziel des Buddhismus erreicht hat und damit befreit ist von den Fesseln des Ichglaubens

Devas – „Götter" im Hinduismus und Buddhismus, etwa vergleichbar mit den Engeln im Judentum, Christentum und Islam

Cakra - (Mz.: **Chakren**), wörtl: Rad; hier: Kraftzentren im menschlichen Körper, wobei es sieben Hauptchakren gibt: Muladhara Cakra (Wurzelcakra, zwischen Anus und Genitalien), Svadhistana Cakra (Sakralcakra in der Kreuzbeingegend), Manipura Cakra (Edelsteincakra im Solarplexus), Anahata Cakra (Herzcakra), Vishuddha Cakra (Kehlcakra), Ajna Cakra (Befehlscakra, zwischen den Augenbrauen) und Sahasra Cakra (Kronencakra, oberhalb des Scheitels

Ch´an – siehe *Zen*

Dakini – ist im Vajrayana ein weiblicher himmlischer Geist (engl.: Skywalker), mit dem ein Yogi üblicherweise auf Leichenplätzen in Kontakt kommt. Man kann diese Figuren mit den Musen aus dem europäischen Kulturraum vergleichen. Die männliche Variante ist ein Daka.

Darikapa gilt als einer der 84 *Mahasiddhas*

Dharma – hier gewöhnlich die Bezeichnung für die Lehren des Buddha. Das Wort bedeutet Wahrheit, (Natur)Gesetz.

Dhyana – siehe *jhana*

Diamantweg – wörtliche Übersetzung des Begriffs Vajrayana. (In Deutschland allerdings auch die Bezeichnung einer umstrittenen buddh. Sekte um den dänischen Lama Ole Nydal.)

Dünkel – ist ein Zeichen von Verblendung; man dünkt sich besser als andere (Überheblichkeitsdünkel), schlechter als andere (Inferioritätsgefühl, z. B.: Ich bin der größte Idiot) oder aber man dünkt sich mit allen gleich (Es gibt niemand, der spirituell besser oder schlechter ist als ich!)

Einweihung – (Initiation); um Tantra zu üben ist die Einweihung durch einen Meister nötig, diese Einweihung ist ein Ritual, das traditionell nur nach einer Vorbereitungszeit gegeben wird, es ist mit einer Verpflichtung verbunden, bestimmte Übungen regelmäßig zu praktizieren und enthält ein Versprechen für die Zukunft, also das, was dadurch erreicht werden soll. Eine christliche Einweihung ist beispielsweise die Konfirmation.

Erleuchtung – Im Buddhismus das Ziel spirituellen Strebens. Ein erleuchtetes Wesen sieht die Welt völlig unverblendet, das heißt, es hat den Dualismus (aus Subjekt und Objekt) überwunden, was bedeutet, dass es sich als nicht von der Umwelt getrennt sieht, der Glaube an ein „ich" oder „Selbst" überwunden ist. Dies ist keine rein intellektuelle Erkenntnis, sondern spiegelt sich im Denken, Fühlen und Handeln des/der Erleuchteten. In anderen Religionen wird Erleuchtung anders gesehen.

Erwachen - Im Buddhismus gleichbedeutend mit *Erleuchtung*

Gandhara – Antiker Staat mit Peschawar als Hauptstadt, der Teile des heutigen Afghanistan, Pakistan und Iran umfasste. Die frühere persische Provinz wurde von Alexander dem Großen erobert. Nach dessen Tod verfiel sein Weltreich. Hier begegneten sich indische und hellenistische Kultur. Zur Zeit des indischen Kaisers Ashoka (3. Jhd. v.u.Z.) verbreitete sich hier der Buddhismus und die buddh. Kultur wurde von griechischen Einflüssen geprägt. Hier entstanden auch erste Buddhabildnisse, die den griechischen Gott Apollo als Vorbild für unsere heutigen Buddhastatuen nahmen.

Geisha - japanische Unterhaltungskünstlerin, die auf traditionelle Art japanische Künste darbietet.

Grüne Tara – Bodhisattva, die für grenzenloses Mitgefühl zu allen Wesen steht. Sie wird immer sitzend dargestellt, im Begriff aufzustehen, um den leidenden Wesen aktiv zu helfen, ihre rechte Hand zeigt die Geste der Wunschgewährung. Sie hat grüne Haut, denn sie gehört zu einer Gruppe von grünen Wesen, genannt die Karmafamilie. Neben der Grünen tara gibt es noch 20 weitere Taras, die Grüne Tara ist aber die bekannteste davon. Ihr Bild ziert unseren Meditationsraum in Gelnhausen.

Guru – spiritueller Lehrer und/oder Anführer

Hevajra - eine buddhistische tantrische Gottheit, die für das Aufgeben von jeglicher Negativität und der Akzeptanz von allem, was positiv ist, steht. Hevajra wird in vielen Formen dargestellt. Als wichtigste Gottheit des "Hevajra Tantra" steht sie für Nicht-Dualität. In sichtbarer Form ist er Leerheit. Er ist kein anderer als Heruka, der in den Abbildungen der hinduistischen Gottheit Shiva ähnelt.

Hinayana – (sog, „Kleines Fahrzeug") ist eine abwertende Bezeichnung für das Theravada sowie für verloren gegangene buddhistische Traditionen, in denen das Mönchstum sehr stark betont wird und den Laien nur eine dienende Rolle zukommt.

Hündin – Hunde sind nach altasiatischer Meinung die unreinsten Tiere, denn sie ernähren sich in Ermangelung anderer artgerechter Nahrung meist von Kot. Hündinnen, weibliche menstruierende Hunde, gelten als noch widerwärtiger.

Ikebana – japanische Blumensteckkunst, die sich durch ästhetische Einfachheit auszeichnet.

Initiation siehe *Einweihung*

jhana – (Palibegriff, in Sanskrit: dhyana) ist ein meditativer Vertiefungszustand. Nach der häufigsten Einteilung gibt es acht aufeinander aufbauende Vertiefungszustände. Ziel dieser Vertiefungszustände ist die Überwindung des Ego und der Gedanken sowie das Erreichen einer kosmischen Verbundenheit, die im Buddhismus als Nondualität zwischen Ich und Ander gesehen wird (anatta = Nicht-Ich)

Kambala – einer der 84 Mahasiddhas, der „Yogi mit der schwarzen Decke"

Karma – im Buddhismus jede absichtlich ausgeführte Handlung. Es wird davon ausgegangen, dass Handlungen Folgen haben, die (auch) auf den Verursacher zurückwirken. Im *Hinduismus* hingegen wird davon ausgegangen, dass es karmisch heilsam sei, sich an die Regeln und Beschränkungen seiner *Kaste* zu halten und die *Brahmanen* (bezahlte) Opfer bringen zu lassen. Der Begriff Karma wird im Buddhismus verwendet, wenn es sich um ethisch bewertbare Handlungen handelt. Das Ergebnis der

Handlungen wird nicht als Karma bezeichnet sondern als (karma-)vipaka (Früchte des Handelns).

Kapilavattu – Hauptstadt von *Shakya*, hier lebte der spätere Buddha in seiner Jugend

Karuna = *Mitgefühl*

Kaste – die indische Gesellschaft wird gemäß der hinduistischen Religion in streng voneinander abgetrennte Kasten eingeteilt, die wichtigsten Kasten sind die Brahmanen (Priester), der Adel (Krieger, Beamte) und die Kaufmannskaste. Darunter gibt es noch Kastenlose, sog. Unberührbare. Auf diese Art schuf der Hinduismus eine Apartheidsgesellschaft mit einer arischen Mittel- und Oberschicht, und einer indigenen Bevölkerung, die man nicht einmal berühren durfte; so sollte eine Rassenvermischung verhindern werden.

ksanti – Geduld, eine der sechs Haupttugenden eines *Bodhisattva* - neben dana (Freigebigkeit), sila (Ethik), virya (Tatkraft), dhyana (meditative Vertiefung) und prajna (Weisheit)

Lakshminkara – wörtl. „die ihr Glück macht", der Name ist von der hinduistischen Glücksgöttin Lakshmi abgeleitet; Lakshminkara ist eine der 84 Mahasiddhas, von denen vier weiblich waren.

Landré – ein tibetisches Meditationssystem der Sakya-Schule, das Wort steht für den Pfad der Praxis und die Frucht (das Ergebnis), das es auf diesem Weg zu erreichen gilt. Das System wird auf *Virupa* zurückgeführt.

Leerheit - (=sunyata) zentraler Begriff des *Mahayana*. Leerheit besagt, dass es ein Ding an sich nicht gibt. Alles entsteht in Abhängigkeit von Bedingungen und ist vergänglich, es ist also „leer" von jeder Eigennatur. Das, was wir für Dinge oder Personen halten, sind nur Momentaufnahmen eines dynamischen Prozesses.

Leichenplatz – Vor allem die ärmeren Leute, die sich eine rituelle Feuerbestattung nicht leisten konnten, legten hier ihre Verstorbenen ab, wilde Tiere und Mutter Natur erledigten dann den Rest. Diese Plätze sind bevorzugte Meditations- und

Übernachtungsorte von Yogis. Diesen erscheinen hier nachts mitunter **Dakinis** und inspirieren sie.

Luipa – einer der **Mahasiddhas**, der „Fischdarmesser"

Mahamudra - („großes Symbol") bezeichnet in den tantrischen Schulen Kagyü, Sakya und Gelug die höchsten buddhistischen Lehren als die „Grundlage", auf welcher die Meditationspraxis fußt; die auf diesen Lehren beruhende Praxis selbst gilt als „Pfad"; und die durch diese Praxis erreichte Erleuchtung als die „Frucht" dieser Praxis

Mahasiddha - großer **Siddha**, das **Vajrayana** kennt insgesamt 84 M.

Mahayana – eine der beiden Hauptrichtungen des Buddhismus. Das Mahayana („großes Fahrzeug") betont, dass jeder, der Buddhismus praktiziert, erleuchtet werden kann, keineswegs nur Mönche und Nonnen. Sein Ideal ist der **Bodhisattva**, ein Wesen, das mit Mitgefühl und Weisheit handelt, um alle Wesen zur Buddhaschaft, zum Erwachen, zu führen.

Maitreya – „der Liebende" eine nichthistorische Buddhagestalt. Der historische Buddha hat darauf hingewiesen, dass seine Lehre in Vergessenheit geraten würde, da jedoch die Wahrheit immer wieder entdeckt werden könnte, würde auch seine Lehre, der Buddha-Dharma, von einem neuen Buddha in ferner Zukunft wiederentdeckt, dies sei der Buddha Maitreya.

Mala – buddhistische Gebetskette, häufig auch mit Rosenkranz übersetzt, die üblicherweise 108 Perlen hat, sie wird zum Abzählen bei der Rezitation von Mantras verwendet.

Manjusri – ein **Bodhisattva,** seine Aufgabe ist es zu helfen, die spirituelle Unwissenheit zu überwinden und Weisheit zu erreichen. Er wird mit einem flammenden Schwert in der rechten Hand dargestellt, mit dem er die Unwissenheit zerschneidet. Um das Schwert züngeln Flammen, die Verwandlung symbolisieren.

Mantra – eine heilige Silbenfolge, die in Ritualen häufig wiederholt aufgesagt wird, das bekannteste Mantra ist OM MANI PADME HUM. Das Wort Mantra kann mir „Schutzgeist" übersetzt werden.

Marpa – ein Schüler des indischen *Mahasiddhas* Naropa, der seinerseits ein Schüler des Mahasiddhas Tilopa war. Marpa brachte buddhistische Schriften, insbesondere aus der Schule der Kagyüpa seines Lehrers nach Tibet. Milarepa war sein einziger Schüler, dieser gilt heute als Gründer der Karma-Kagyü-Schule. Das geistige Oberhaupt dieser Schule ist der Karmapa, der nach dem Dalai Lama wichtigste religiöse Führer des tibetischen Buddhismus.

metta – eine sehr positive Emotion: Wohlwollen, Zuneigung, (nicht-erotische) Liebe, oft als „liebende Güte" übersetzt. Mitunter wird sie auch als „Allgüte" bezeichnet, denn Metta soll allen Wesen in gleicher Weise entgegen gebracht werden. Es ist das, was beispielsweise Jesus meint, wenn er sagt, man solle nicht nur seinen Nächsten lieben wie sich selbst, sondern sogar seinen Feind.

metta bhavana – Meditation zur Schaffung von Bedingungen damit *metta* entsteht, normalerweise in fünf Phasen geübt (1) *metta* zu mir selbst, (2) zu einem guten, edlen Freund/Freundin, (3) zu einer neutral besetzten Person, (4) zu einer schwierigen Person (Feind) und (5) zu allen fühlenden Wesen

Milarepa – (1040-1123 u.Z.) tibetischer Yogi, Schüler des Marpa, gilt als Begründer der tibetischen Karma-Kagyü-Schule und Sänger der Hunderttausend Gesänge: Er lebte und Praktizierte am heiligen Berg Kailash, seine berühmtesten Schüler waren Gampopa und Rechungpa

Mitgefühl – (karuna) ist das Gefühl, wenn *metta* auf ein leidendes Wesen trifft. Es ist etymologisch verwandt mit caritas (lat.: Barmherzigkeit) und mit dem englischen to care (sich kümmern um)

Nagabodhi – einer der 84 Mahasiddhas des Mahayana, er lebte im 7./8. Jhd.

Nagarjuna – ist die wichtigste Persönlichkeit des Mahayana, er lebte etwa im 2. Jhd u. Z. Der Mythologie nach brachte er verborgene Lehrreden des Buddha, die von Nagas (Schlangengeistern) auf dem Boden des Ozeans bewacht wurden, in die Welt. Psychologisch gesehen steht das Wasser dabei für das Unbewusste, es wird also darauf hingewiesen, dass Nagarjuna im Unbewussten verborgene Weisheiten ans Tageslicht brachte, die den verkopft vorgehenden scholastischen Mönchen des *Hinayana* nicht zugänglich waren.

Nalanda – größte buddhistische Hochschule in der vorislamischen Zeit Indiens, hier studierten bis zu 15.000 Mönche und 1000 Professoren gleichzeitig. Ort höchster buddh. Gelehrsamkeit in allen drei Richtungen des Buddhismus

Naropa – (1016-1100 u.Z.), ehemaliger Hochschullehrer in *Nalanda*, einer der 84 *Mahasiddhas*, Schüler von Tilopa und Lehrer von *Marpa*.

Nibbana – der Palibegriff entspricht dem Sanskritausdruck *Nirwana*

Nirwahn – deutscher Ausdruck für *Nirwana,* ein Zustand in dem ein falsches Wähnen, ein **Wahn, nir**gends zu finden ist

Nirwana – Ziel des Buddhismus, das Wort bedeutet „verwehen" oder Nicht-Wahn

Numinose - (lateinisch *numen* „Wink, Geheiß, Wille, göttlicher Wille") ist ein Fachbegriff der Religionswissenschaft. Er bezeichnet die Anwesenheit eines „gestaltlos Göttlichen" *(Wikipedia),* also einer transzendenten Kraft die keine Person („Gott") ist.

Obaku – nach Soto und Rinzai die drittgrößte Schule des Zen, sie enthält Elemente des jap. Mahayana (*Amitabha*-Verehrung) wie auch des tantrischen Buddhismus

other-power – Erlösung kann entweder Selbsterlösung sein, durch self-power, oder von außen kommen (other-power). Im Buddhismus wird davon ausgegangen, dass wir das Ziel (Erwachen, Erleuchtung, *Nirwahn*) nur erreichen können, wenn wir selbst aktiv daran arbeiten (self-power), Unterstützung von außen (other-power) ist allerdings ausgesprochen hilfreich. (Wenn wir einst durch Erreichen der Nondualität Innen und Außen transzendiert haben ist diese Unterscheidung ohnedies obsolet.)

Padmasambhava – wörtl.: „Lotusgeborener", 8./9. Jhd., gilt als Begründer des Buddhismus in Tibet, tatsächlich wird die Nyingma-Schule (Alte Schule) des tibetischen Buddhismus auf ihn zurückgeführt. Um den *Dharma* im damals rückständigsten Land Asiens salonfähig zu machen, bediente sich Padmasambhava magischer Kräfte und nahm Anleihen bei der **Bön-Religion**. Er führte auch die **Terma**-Tradition in Tibet ein.

Palikanon – älteste Schriftensammlung des Buddhismus, hier sind u. a. die Lehrreden des Buddha enthalten, dem diese Geschichten entstammen

pancasila – die fünf ethischen Regeln des Buddhismus, sie lauten in der negativen Beschreibung (also das, was man zu unterlassen habe) 1. keine Wesen zu verletzen oder zu töten, 2. nichts Nichtgegebenes zu nehmen, 3. das Recht auf sexuelle Selbstbestimmung zu respektieren, 4. nicht zu lügen, 5. keine bewusstseinstrübenden Mittel zu nehmen. In der positiven Ausformulierung (also, was zu kultivieren ist) 1. umfassende liebende Güte (*metta*), 2. Freigebigkeit, 3. Stille, Schlichtheit und Genügsamkeit, 4. wahrhaftige, freundliche, hilfreiche und harmoniefördernde Rede und 4. Achtsamkeit

Parabel – ist eine literarische kurze Erzählform, etwa gleichbedeutend mit „Gleichnis"

Prajnaparamita – wörtl. etwa „transzendente Weisheit". Die Prajnaparamita-Sutten (z. B. das Herzsutra und das Diamantsutra) versuchen über verbale Logik hinauszugehen, indem sie scheinbare widersprüchliche Aussagen machen, so soll die Leerheit aller Phänomene erfahrbar gemacht werden

Raja – Herrscher, häufig als Fürst oder König übersetzt, wobei das Wort auch für gewählte Herrscher verwendet wird

Reinkarnation - „Wiedergeborener", nach tibetischer Auffassung ist es hohen Meistern (wie dem Dalai Lama) möglich, ihre Wiedergeburt zu bestimmen und Hinweise zu geben, wo sie wiedergeboren werden.

Richter, Horst-Eberhart - Arzt und Prof. für Psychologie in Gießen (1923-2011), beschreibt Neurosen nicht als Einzelphänomene, sondern als Gruppenphänomen, so z. B. in seine Büchern „Patient Familie" und „Eltern, Kind, Neurose". Er galt auch als der „große alte Mann" der Friedensbewegung, er gründete u. a. die deutsche Sektion des IPPNW (Ärzte zur Verhinderung des

Atomkrieges), die 1985 mit dem Friedensnobelpreis ausgezeichnet wurde.

Sadhana – im *Vajrayana* eine rituelle Meditationspraxis. Sadhana-Texte geben eine genaue Anleitung zur bildhaften Meditation auf eine oder mehrere Gottheiten: im Sadhana vereint sich der Meditierende mit dem Objekt seiner Meditation, der Gottheit.

Samsara – alles, was nicht Nirwana ist; das weltliche Leben

Samurai – früherer japanischer Kriegeradel (ähnlich dem Rittertum). Seit Einführung der Wehrpflicht unter *Tenno* Meiji (1852–1912) abgeschafft, das Denken der Samurai wirkt jedoch auch heute noch in extrem konservativen Kreisen und im Militär nach.

Santaraksita – Wurde vom tibetischen König *Trisong Detsen* nach Tibet geholt, um den *Dharma* zu verbreiten. Er wurde von den Priestern den *Bön-Religion* angefeindet, man trachtete ihm nach dem Leben, so dass er seine Bemühungen aufgab, allerdings dem König noch einen heißen Tipp gab: nur einer könne die halsstarrigen, rückständigen Tibeter zur Raisson bringen, der merkwürdige Guru *Padmasambhava.*

Sarvastivada – ein Orden an der Schnittstelle zwischen Hinayana und Mahayana, der über eine vom Pali-Kanon abweichende Sanskritfassung der Lehrreden Buddhas verfügte. Dieser Sanskrit-Kanon ist bei der Islamisierung Indiens verschwunden, es gibt jedoch eine chinesische und eine tibetische Übersetzung. Das Sarvastivada ging mit der islamischen Eroberung Indiens unter.

Schwarze Kunst – s. *Schwarze Magie*

Schwarze Magie - versucht (im Gegensatz zur weißen Magie) durch Zauberkräfte Schaden anzurichten

Siddha – ist jemand der Siddhi (überweltliche hohe Geisteskraft) erlangt hat. Im *tantrischen Buddhismus* die Bezeichnung für hoch entwickelte Meister bis hin zur vollen Erleuchtung.

Soheit – (Tathata) ist im Mahayana ein Begriff für die Form fundamentaler Wirklichkeit (nicht aber diese Wirklichkeit selbst), meist in Bezug auf den ihr unterstellten Aspekt der Leere bzw. Wesenlosigkeit.

Sutra (Mhz.: Sutren oder Sutten) – Lehrrede (meist des Buddha)

Tantra – (ursprünglich) streng geheim gehaltene Lehre aus Mystik, Magie und Selbsterkenntnistechniken zur Erlösung aus dem *Samsara*

tantrischer Buddhismus - siehe *Tantra*

Tenno – wörtlich „Himmlischer Herrscher" Japans, ins Deutsche gewöhnlich als „Kaiser" übersetzt. Der erste Tenno soll 660 v.u.Z. eingesetzt worden sein. Der gegenwärtige Tenno ist (seit 2019) Naruhito, er hat nurmehr eine zeremonielle Funktion.

terma – in der Nyingma-Schule ein „verborgener Schatz". Padmasambhava soll geheime Bücher, für die die Zeit noch nicht reif war, in Tibet versteckt haben. Seine Schüler (*tertons*) hypnotisierte er, damit sie in späteren Leben an diese Stellen gehen sollten und die Bücher finden. Das bekannteste dieser Bücher ist das *Bardo Thödol*.

Terton - „Schatzfinder", einer, der die *termas* des *Padmasambhava* findet.

Theravada - eine der frühen Schulen des Buddhismus, die einzige *Hianyana*-Richtung, die noch existiert. Theravada bedeutet „Schule der Älteren", was darauf hinweisen soll, dass ihre Anhänger den Buddhismus so praktizieren, wie das der Buddha selbst gemacht hat. Bei ihnen stehen die Lehrreden des Pali-Kanon, der ältesten buddh. Schriften im Mittelpunkt.

Transzendente – siehe Numinose

Trisong Detsen – König von Tibet (756-796), war mit einer chinesischen buddhistischen Prinzessin verheiratet und kam so mit dem Buddhismus in Kontakt, wovon er begeistert war, so unternahm er zwei Versuche, mit ausländischen buddhistischen Kapazitäten (Santaraksita und Padmasambhava) den Buddhismus in Tibet einzuführen.

Vajra – heißt sowohl Diamant als auch „Donnerkeil", ein Gegenstand, der alles zu zerstören vermag, er ist mit Thors Hammer in der nordischen Mythologie oder mit den Blitzen, die Zeus schleudert, vergleichbar. Im Vajrayana wird ein solcher Kultgegenstand bei Ritualen verwendet, hierbei hat er die Funktion eines Zauberstabes.

Vajravarahi - „Diamantsau" ist eine tantrische Gottheit, die Sau (oder das Schwein) stehen Im Buddhismus für spirituelle Unwissenheit (Verblendung), die überwunden werden muss. Vajravarahi wird als eine nackte rote *Dakini* dargestellt.

Vajrayana - ist eine buddhistische Richtung, die Teil des *Mahayana* ist, sich selbst aber als eine Weiterentwicklung sieht. Nach Ansicht des Vajrayana ist das *Theravada* die unterste Stufe des Buddhismus („1. Drehung des Rades der Lehre"), das Mahayana die zweite Stufe („2. Drehung des Rades der Lehre") und das Vajrayana („*Diamantweg*") die Vollendung („3. Drehung des Rades der Lehre").

vimukti – (sanskrit, auf Pali: vimutti) Befreiung, ist gleichbedeutend mit Erwachen oder Erleuchtung, man ist befreit vom Ego und damit auch von *Wiedergeburt*

Virupa – einer der 84 *Mahasiddhas*, er soll auch die ältesten überlieferten Anweisungen des Hatha-Yoga erteilt haben

Yak – eine in Zentralasien - u. a. in Tibet - heimische Rinderart

Yogacara - „Nur-Geist-Schule", eine Schulrichtung des Mahayana, geht davon aus, dass der Geist das Ursprüngliche sei und alles andere, alles Materielle nur eine Projektion des Geistes ist. - Susanne Billig erläutert: „Eine Mahayana-Schule, gegründet von Maitreyanatha, Asanga und Vasubandhu, die das Erkennen lehrt. Alles Wahrnehmbare wird als »nur Geist« angesehen. Es gibt kein reales Objekt außerhalb der Erfahrung und kein Subjekt der Erfahrung. Der Wahrnehmungsprozeß wird mit Hilfe eines postulierten »Speicherbewußtseins« (Alaya-Vijnana) erklärt. Lehre eines absoluten oder gemäßigten Idealismus. Blütezeit im 6. Jahrhundert, insbesondere in der indischen Klosteruniversität Nalanda."

Yogi – eigentlich ein Yoga-Übender, das Wort wird (wie hier) jedoch auch im indischen Kulturraum benutzt, um asketische Meditationsmeister zu bezeichnen.

Wiedergeburt – in Hinduismus reinkarniert sich die Seele nach dem Tode neu. Der Buddhismus kennt weder eine Seele noch ein Selbst, sondern nur Prozesse. Karmisch unvollkommene Prozesse, d. h. solche die mit Gier, Hass und Verblendung kontaminiert sind, führen zu einem Wiederentstehen. Gewohnheiten und Verhaltensmuster bestehen so weiter, auch über den Tod einer Person hinaus.

Zen - Das Zen (chinesich: Ch´an) ist wie das Vajrayana auch eine Schulrichtung des Mahayana. Wie immer bei Erneuerungsbewegungen ging es darum, sich auf Ursprünge zurückzubesinnen, von denen man unterstellte, dass sie zu sehr in Vergessenheit geraten seien. Das Zen behauptet, der Buddhismus sei zu sehr eine Buchreligion geworden, man müsse sich vielmehr auf die reine Meditationspraxis zurückbesinnen. Daher auch der Name Ch´an, was die chinesische Aussprache des Paliwortes *jhana* (meditative Vertiefung) ist. Die Japaner sprachen das Wort Zen (Z = stimmhaftes S) aus.

Buddhistische Geschichten

von Horst Gunkel im Internet unter:

www.gelnhausen-meditation.de

Geschichten in Buchform:

Der vorliegende Band „Die Tochter des Samurai" ist der zweite der Reihe „Gelnhäuser buddhistische Erzählungen", er enthält 21 Geschichten aus Mahayana, Vajrayana und Zen.

Bereits erschienen ist:

Buddhas Sohn Rahula (= Band 1)
Geschichten aus dem Palikanon,
ISBN: 978-3-7504-0010-8, Preis: 7,00 EUR)

In Vorbereitung sind derzeit:

Lehrreden aus dem Pali-Kanon

Buddh. Geschichten aus der Gegenwart

Der Prinz, der zum Buddha wurde

Begegnungen mit dem Transzendenten

Gelnhäuser buddhistische Vorträge

Ob und wann neue Geschichten in Buchform erscheinen, wird jeweils rechtzeitig mitgeteilt auf der Internetseite www.kommundsieh.de.